——阅读之前 没有真相

午夜文库

只是打算喝一杯而已

[日]志驾晃 著
金静和 译

新 星 出 版 社　NEW STAR PRESS

伴随着一阵猛烈的寒意，矢岛直弥醒了过来。

又搞砸了……

原本只是打算喝一杯而已，结果，昨天又痛饮了一通。第一摊是在神乐坂的老地方喝的，至于酒会的后半部分，矢岛已完全失去了记忆。

好歹是搭出租车回到了家，然而貌似一进大门就直接睡在了地上。还好是在室内，不至于冻死，然而醒来后身体僵硬得连起身都困难。本来这几天就有要感冒的迹象，这样的生活方式只会使病情更加恶化。矢岛突然感到极度口渴，呻吟着站起身，转动厨房的水龙头，用水杯接了点自来水。

接着在整体浴室①里洗了个热水澡。

热水淋遍全身，使他的身体终于停止颤抖，昨日的记忆逐渐开始复苏。他记得第一摊是和节目组的工作人员一起去常去的居酒屋喝酒，他们瞬间便喝光了两瓶五合②的烧酒，又追加了一瓶。

然而，那之后的记忆就模糊不清了。不对，不是模糊，应该说是忘了个一干二净。后来自己是直接打车回家了，还是又去了另一家店呢？

---

①整体浴室：整体卫浴的概念源自日本，区别于传统浴室，是工厂化一次性成型，包括了顶、底、墙及所有卫浴设施。

②合：日本度量衡（尺贯法）中的体积单位。一合约为一百八十毫升。

矢岛用浴巾擦遍全身，终于缓过劲儿来。

仔细一看，左边手肘受了伤，有轻度瘀青，按下去很痛。不知道是撞到了哪里，还是在哪里摔倒了。

他穿上短裤，想找手机却没找到。

无奈之下，他只好用家里的座机给自己的手机打电话，结果从放在玄关的鞋里传出了铃声。

他立刻捡起手机确认，有三个未接来电。

一个是自己刚拨打的，另外两个则来自上司石丸雅史部长。语言信箱里还有石丸留下的讯息，让他“尽快回电”。矢岛将其删除，又确定了一遍语音信箱里是否还有其他留言。

他注意到 Line[①]里有一条已读信息。

“我有重要的事要说，今晚能来我家吗？”

他回想起，这条消息是在他们喝光第一瓶烧酒时，矢岛负责的电台节目的主持人，同时也是他的恋人，西园寺沙也加发来的。后来自己到底有没有去沙也加家呢？他又一次拼命地试图唤醒离开第一家店之后的记忆。

“你醉成这个样子，看来今天是没法和你说正经事了。”

沙也加在房间里说的话像闪回一般复苏。

对了。

昨天，自己确实在离开居酒屋后在车站前打车去了沙也加家。然而由于醉得太厉害，最终沙也加没能说出她想说的重要的事。

---

① Line：韩国互联网集团 NHN 的日本子公司 NHN Japan 推出的即时通信软件。用户之间可发送文字信息、图片、视频、语音短信及位置信息等。

沙也加想说的重要的事是什么？是不是与她的生理期迟迟不来有关？

然而除了这些，他再也想不起任何事情了。

在沙也加家里没做出什么失礼的举动吧？沙也加是矢岛十分珍惜的恋人，同时也是他负责的电台节目的人气主持人。矢岛突然感到一阵不安。他曾经在沙也加的工作眼看就要到截止期限时跑到她的工作场所絮絮叨叨撒酒疯，使她整整一周都没和他说话。

沙也加的本职工作是漫画家。特别要提到《名侦探西园寺沙也加的事件簿》系列，是单行本累计发行超过一千万部的大红之作，主人公是与她笔名同名的女侦探。最近沙也加也会以文艺工作者的身份出现在杂志和电视上。顺便一提，她的风格是坚决不雇用助手，至于她是如何完成庞大的工作量的，在业界被称为七大不可思议之谜。尽管如此繁忙，西园寺沙也加的漫画却一直占据读者人气投票榜的榜首。

第一章

“阿矢，等演播次序表完成后，拜托你去确认一下重新做好的台呼[①]啊。”

从副调节室里传出 AD[②]小林的声音。

“啊，好的。现在刚写完，我马上过去。”

调音台上放着一台叫作取样器的白色机器。这个机器上约有二十个按钮，只要“嘭”地按下去，便会播放声音，因此也被叫作“嘭嘭发声器”。

“西园寺沙也加的推理之夜 秋叶原 FM 企划出品。”

“85.00 沙也加・西园寺 推理之夜。”

矢岛按下一个按钮，轻快的 BGM 随着深沉的男声倾泻而出。这段短小的音乐在 FM 广播里叫作“sticker”，在 AM 广播里叫作“Jingle”，在节目开头和 CM 前后播放，用于把 DJ 的名字和节目名称告知观众。

在那个按钮旁边还有用于问答环节的“叮咚”“卟——”

①台呼（sticker），一个电台或栏目的标志，往往通过一段话或一段音乐来展示，具有较高的辨识度。

② AD（Assistant Director），即编导助理。

等效果音按钮，都可以随时播放。再旁边还有俗气的“叭叭叭叭——叭叭叭叭——”的喇叭声，是在公布礼物中选者时必不可少的效果音。

秋叶原 FM 租下了曾是家电批发店的大楼的一层。

二战结束时，在被烧成一片荒野的秋叶原涌现了许多黑市，而这里之所以能成为闻名世界的电器街，要归功于收音机。那时，位于秋叶原附近的电机工业专门学校（现在的东京电机大学）的学生以组装和贩卖收音机为副业，使收音机产生了爆发性人气，随后便引来贩卖真空管和电器零件的露天商贩纷纷来到这里。

那之后，随着民办广播电台和电视台的开设，秋叶原迅速发展，成为家电一条街。然而之后泡沫经济破裂，普通家电市场越发低迷，贩卖游戏机、电脑，以及美少女动漫等亚文化产品的店铺开始增多。再后来，女仆咖啡厅、AKB48[①]、电波组 .inc[②] 等供真人女生活动的场所也急剧增加。

不知是不是因为地理位置的原因，在秋叶原 FM 的节目中，有很多是由声优、偶像、漫画家等从事艺术行业的人担任主持人的，亚文化色彩浓重。而“西园寺沙也加的推理之夜”则是其中排名前三的人气节目。

“西园寺沙也加的推理……西园寺沙也加的推理……西园寺沙也加的推理……”

如果连按两次取样器的按钮，声音就会立即中断，从最

① AKB48：日本女子偶像组合，由秋元康担任总制作人，于二〇〇五年十二月八日成立。
②电波组 .inc：日本女子偶像组合，诞生于秋叶原，于二〇〇八年出道。

开始重新播放。

“小林先生，在进入‘西园寺沙也加’这句解说词之前，BGM 的音量是不是降得太低了？我觉得再自然一点比较好。”

AD 小林总喜欢将 BGM 的音量压得非常低，这点令矢岛很在意。

“嗯……是吗？我觉得这样比较酷炫，而且很有节奏感。”

“但是，我觉得……”

虽然小林只是 AD，但比矢岛年长五岁之多，每次做出指示时，矢岛都得留心看他的脸色。

“确实，阿矢你说的那种方法可能更自然，但是那样一来，西园寺沙也加这句解说词会被混在背景音里，反而很难辨认。Sticker 这东西不是节目的招牌吗？所以酷炫度也是很重要的。同时还必须起到让第一次听节目的人也能确实地知道说话者是谁的作用。”

听他这么一说，好像也没错，矢岛想着。

小林是制作公司派遣来的老手 AD。与因为是正式员工而得到了编导一职的矢岛相比，两人之间的经验差距显而易见。

“石丸以前也是这么做的哦。再说了，Sticker 的背景音音量这种微小的差异，实际在收音机里听起来是完全不会有人在意的。”

小林口中的石丸就是这个节目的第一代编导，如今的秋叶原 FM 编排部部长石丸雅史。就是因为有石丸的扶持，小林才得以常年担任这个节目的 AD。

“我知道了。那 Sticker 就这样 OK。剩下的就要拜托你注意播放歌曲的时机了。”

石丸的名字一被搬出，矢岛只好住了嘴。

“了解。”

所谓时机，就是指人声在歌曲的引子，第一段、第二段副歌结束后出现的时机。为了能让主持人在引子刚好结束时介绍曲目，或是在歌手唱完后刚好以曲子为BGM开始说话，工作人员需要事先把开口说话的时间写到演播次序表里。

“矢岛先生——我从刚才开始已经打了好几次电话了，可沙也加小姐一直没接。”兼职员工惠梨香单手拿着听筒娇嗔地说道。

矢岛抬头看向演播室的钟表，理应一秒都不差的演播室钟表显示，距离节目正式开始只有四十分钟了。

然而，最重要的主持人西园寺沙也加的身影却还没出现在现场直播的演播厅里。

“又来了。”

矢岛小声说着，开始按手机。

五次，六次……铃声响了十次后，西园寺沙也加的住宅电话切换到了语音信箱。已经留了三次言了，看来今晚的情况比较严重。

“小林先生，沙也加好像又在睡懒觉了，我去叫醒她。”

正鼓捣CD播放器的小林头也不回地挥了挥手。

西园寺沙也加住在离秋叶原FM步行十分钟的地方。

虽然沙也加是收入以亿为单位的人气漫画家，但她却以

“这里是‘COOL JAPAN’[①]的发源地”“能了解同人漫画的趋势”“看到女仆咖啡店里的女生会很兴奋”为由，始终不愿搬离最初买下的二手公寓。说到底还是因为“搬家太麻烦了”吧。

不过，从她是秋叶原FM的主持人这点来看，这倒是再好不过了。

西园寺沙也加的电台节目是直播节目，每周二深夜一点开始。而周二经常赶上她的漫画截稿日，所以她总是在这个名叫《推理之夜》的直播节目开始的前一刻还在画原稿。

听起来这就已经够受的了，然而事实上，赶完原稿才是最麻烦的时候。

因为接连数日整夜不睡才赶完稿的沙也加，一旦陷入酣睡，就会像今天这样，到直播开始了也醒不过来。

“西山小姐，西山小姐，我是管理员森，请你醒一醒。”

穿着厚外套的中年男子站在西园寺沙也加居住的“秋叶原之家公寓”的十层一〇〇五号房门前，一边敲着公寓大门一边大声喊着。十二月的冷雨斜斜地拍打下来，矢岛在管理人森健一郎的身后一边颤抖着跺脚，一边等待门开启。即便搓着手哈着气，但夹着雨雪的狂风依旧吹透羽绒服，不断夺走他的体温。

“西山小姐，西山沙绫小姐——听得见吗——？”

管理员森又把音量提高，按了数次门铃，却依旧无人回

---

① COOL JAPAN：由日本经济产业省推进的活动计划。是日本为了将独有的魅力文化传播到海外而设立的一项政策，旨在将本国文化推销到海外，同时推进产业发展。

应。顺便一提，西园寺沙也加是笔名，她的本名是西山沙绫。

“沙也加——我是矢岛。直播节目要开始了。”

矢岛也喊了一声。虽然矢岛知道她的本名是西山沙绫，但出于工作关系，他还是习惯用笔名叫她，私下聊天时也一样。

“森先生，你能再帮忙开一次门吗？没时间了。”

“不行、不行，我可不能未经本人允许就擅自开锁啊。按理说，这种事没有警察在旁边看着可不行。”

话说得没错，可是等到那时候直播早开始了。

“上次发生这种事的时候，到头来她不就是在家里睡觉来着吗？”

这已经是她第四次因为睡过头而没来演播厅了。周二晚上都是森的值班日，所以他们两人都很清楚她怎么敲门也起不来的事。

“西山小姐——西山沙绫小姐——”

森一边顾忌着隔壁住户，一边再次按下门铃。

“之前沙也加不也说过吗？说如果她再起不来，你可以把门打开，没关系的。”

“唉，她是说过，但实际上不能那么做啊。”

森的顾虑倒也不是不能理解。一个仅仅是在这里工作的管理员，照理说是无权随意打开妙龄女子的家门的。

“西山小姐，西山小姐，你在里面吗？矢岛先生在等你呢。”

森稍微降低了敲门和喊叫的音量，里面依旧毫无反应。矢岛看了看手表，眼看着距离直播开始只有不到二十分钟了。

“沙也加小姐！西园寺沙也加小姐！请起床，直播节目要开始了！沙也加小姐！”矢岛把森推开，用上浑身的力气，一边敲门一边大声喊道。

“喂喂，矢岛先生，隔壁还有人呢，请不要发出那么大的声音。”森噘着嘴制止。

隔壁房间的灯关着，不知道是主人还没回家，还是已经睡了。

“所以啊，森先生，你就把门打开吧。”

“还有几分钟？”

“我看看。离正式开始还有十八分三十秒。”矢岛看着手表说道。

如果现在让管理员把门打开，把沙也加敲醒后塞进正在楼下等着的出租车里，应该还有办法勉强赶上。

秋叶原FM拥有两个气派的节目直播厅，通常会从中选一个来直播节目，但并不是必须在演播厅里才能直播。在夜间棒球比赛节目中，主持人会利用特殊的电话线路把棒球场上的实时战况与球场内的杂音传送到节目直播厅，通过演播厅的调音台与“sticker/jingle”进行混音，再插入广告，由主调节室发送给天空树[①]，最后以电波的形式播放出去。

也就是说，主持人不一定非要在电台直播厅里说话，只要能连接麦克风，无论是在酒店还是在房间里，基本上都可以进行直播。再极端一点，随着最近手机麦克风的功能增强，

①天空树，又译为东京晴空塔，是位于日本东京都墨田区的电波塔。

甚至连节目用的麦克风都不需要，只要把手机的线路与演播厅的调音台连接，从任何地方都可以进行直播。电台和听众之间多用电话交流，所以在电台的调音台上本来就连有几根电话线，从技术层面上也很容易实现异地直播。

上次沙也加也在节目直播前沉睡不醒，那次是无论怎么努力都无法按时赶到秋叶原 FM 了。

但对于电台直播来说，危机有时也是最大的机遇。

那次矢岛特意没有叫醒沙也加，并在节目直播开始时，把与演播厅连接的手机放在了沙也加的耳边。通过手机，把醒来后渐渐理解了发生了什么，从而陷入慌张的沙也加的话语：原封不动地播放了出去。那次节目引起了热议，创造了有史以来 radiko 的重播次数最高纪录。

顺便解释一下，radiko 是一款可以在手机或电脑上收听电台节目的应用程序。自打这个程序导入了“time free”这一可以重放错过的节目的功能之后，《推理之夜》和《整夜日本》这种面向年轻人的深夜电台节目得以戏剧性地复活。

总之，矢岛认定，只要管理员帮他打开这扇门，就总会有办法的。

“森先生，拜托你了。要是出了什么事，秋叶原 FM 会负责的。”

“真是没办法。这是最后一次了啊。下次请务必让她给你配一把备用钥匙。”

森不情不愿地说着，“唰啦啦”地把拴在链子上的一〇〇五号房的备用钥匙拿了出来。就在矢岛想着今晚要用什么方式来叫她起床时，门锁伴随着“咔嚓”一声轻响开启。

“西山小姐——我进来了。”

森说着踏进玄关，矢岛跟在他身后。和寒冷的室外相比，屋里暖和得像天堂。森按下玄关左边墙壁上的开关，一条笔直的走廊呈现在他们面前。

“西山小姐，你在家吗？”

森站在玄关呼喊，却没有任何回应。

“是不是不在家啊？”森看着矢岛的脸说道。

“不，应该不会。进去看看吧。”

两人脱下鞋子，顺着走廊走了进去。矢岛已经来过这个家很多次，知道沙也加把走廊尽头的客厅设为工作场所。曾有好几次，矢岛来叫她起床时，她都在那间客厅的沙发上睡得像死了一样。情况稍好些时她会跑到右侧卧室的床上，同样也睡得像死了一样。

“西山小姐，我是管理员森。打扰了。”

森一边说着，一边沿着走廊径直前进。

一进玄关，只见左侧的房门紧闭，但右侧的卧室房门却开着。矢岛试着往卧室里踏进一步，查看里面的情况。然而黑暗的房间里只有床铺和茶几，没有看到沙也加的身影。

果然，这次她也睡在客厅的沙发上了吧。矢岛想着，打算立刻离开卧室，就在这时，一个低沉的金属碰撞声响起，像是羽绒服上的金属配件之类的东西打到了门的声音。

矢岛走出卧室，森回过头问道：“怎么样？”

“没人。她果然不在卧室。”

矢岛回答后，森轻轻点了点头，继续前行。

“西山小姐——矢岛先生来了哦。要到电台节目的直播时间了，快迟到了哦。”

森沿着走廊径直走下去，打开了通往客厅的门。矢岛也紧跟森的脚步，快速穿过昏暗的走廊。

“西山小姐——西山小姐——”

矢岛走进客厅时，森正单膝跪地摩挲地上的某物。仅凭对面公寓投来的灯光，房里还是一片昏暗，无法辨清情况。矢岛隐约注意到有一股异臭，按下了墙上的开关，天花板上的灯在瞬间照亮了房间。

森正在轻抚的是一具女性的裸体。

“西山小姐，西、山——”

森的声音戛然而止。

“沙也加。”

矢岛也在叫了一声后失去了语言。

客厅的地板上躺着的，是已经面目全非的西园寺沙也加，即西山沙绫的雪白的尸体。

精心呵护过的卷发遮住了脸，看不到她的表情。上半身赤裸，下半身只穿了一条肉色内裤。在她身边有团成一团的粉色毛衣和牛仔裤，看样子是脱下后随意丢在了一旁。

“沙也加。”

矢岛飞奔向恋人的尸体，把她扶了起来。就在这时，他发现沙也加的脖子上缠着一条黄色的领带。

这条黄色条纹的领带似乎在哪里见过。

但在回忆起来之前，要做的事像山一样多。

“森先生，请联系警察。”

矢岛说着看了看手表，离凌晨一点节目正式开始只有不到十分钟了。

矢岛全速开动大脑，思考今晚的节目该怎么办。

对于直播节目来说，危机就是最大的机遇。有没有什么方法能把这个巨大的危机变成巨大的机遇呢？

然而，最重要的主持人不在。岂止不在，就在刚刚，她被发现已经成了尸体。且不说此时因恋人的死亡矢岛已陷入恐慌状态，就算是正常情况，恐怕也想不出能挽救如此严重的危机的方法。

警视厅搜查一课的濑口守抵达现场时，“秋叶原之家公寓”的周围已经聚集了数辆转着红色警灯的警车。从挤满美少女动画看板和浮夸的家电展品的嘈杂不堪的秋叶原站步行五分钟，总算出现了正经的街区，“秋叶原之家公寓”就位于这里的一角。

大概因为电视上播出了快讯，虽然是深夜，公寓入口处依旧站满了人，穿着制服的警察们正忙于驱散看热闹的群众。雨夹雪已经不再下了，但今晚仍是一个非常寒冷的夜晚，人们口中呼出的气息都是白色的。

濑口没有从公寓入口进入，而是立起穿旧的浅驼色法式风衣的领子，决定先绕着公寓走一圈。“秋叶原之家公寓”是一栋有西洋风格砖瓦外墙的雅致公寓，地上共有十层，每层有五个房间。公寓前栽种着花草丛，和旁边同类型的公寓之间只隔着一条细细的小路。可以看到对面公寓门前，有正指着案发房间说话的住户的身影。

濑口在玄关的正后方停下了脚步。这里设有公寓的公用垃圾场，还有通往楼上的铁质安全楼梯。但楼梯入口处的门上了锁，濑口铆足全力去拉，门也纹丝不动。倒是可以直接翻过这道门，只是那样一来，恐怕会被在上方俯瞰的防盗摄像头拍个正着。

濑口回到公寓的一层入口，门口有一名身穿制服的警察把守。濑口从胸前口袋取出黑色警察手册，对方郑重地敬了个礼，说："辛苦了。"濑口把右手举到头边微微示意，然后确认了一下入口处的防盗摄像头和门铃设备。

是很常见的类型。

大门面板上有"1"到"0"的按键，访客需要输入号码呼叫住户。面板下方还有一个钥匙孔，公寓住户可以直接把钥匙插进孔里，转动后解开自动锁。顺便一提，为了方便搜查，现在自动锁式大门是大开的状态。

濑口从入口向居住区域踏进一步，与管理员室里身穿深蓝色制服的男人对上了视线，对方一脸神秘地点了点头。管理员室里能看到防盗摄像头的显示屏，还有一些仪器设备。据说这栋公寓在夜间也有管理员值班。

管理员室旁边有一台直梯。濑口没有使用直梯，而是选择走楼梯，巡查各层状况。地下二层是停车场，出入口也有和一层入口相同的自动锁式公共门，那里也设有防盗摄像头。

对于年近四十的濑口来说，从地下二层爬楼梯到十层是件很吃力的事。他呼着白气，好不容易爬到了十层。还有一截通往楼顶的楼梯，但围着栅栏，还结实地上了锁。

离楼梯最近，也就是离电梯最远的房间，就是案发现场一〇〇五号房。和门口的警察对上视线之后，濑口又一次出示了自己的警察手册。

对方还礼时，濑口的眼睛已经看向了天花板。他发现各层情况相同，每层楼的楼道里都没有设置防盗摄像头。若有摄像头，就能一目了然地知道谁在几点来过一〇〇五号房间。然而，恐怕是出于保护住户隐私的考虑，楼道里并没有安装摄像头。濑口钻过标着禁止入内的黄色警戒带，终于走进了发生杀人案件的房间。

“濑口警官，这或许是一起密室杀人案件哦。”

濑口正戴白手套时，一个身高一米九的大个子男人走过来小声和他搭话。是刚被派到搜查一课的加藤真司。

“哪有那种荒唐事，又不是小说或漫画。”

“可不能断定哦。这栋公寓在交付时只会给住户两把钥匙，而这个房间的两把钥匙都在房里被找到了。但尸体被发现时房门可是锁得好好的。”

“若是那样，就是凶手配了备用钥匙而已。”

“不，这栋公寓的钥匙类型似乎有专利，除了委托指定的公司之外，没有其他地方能制作。如果一定要配备用钥匙，需要通过管理公司提交申请，然而被害者和她的家人都没有进行过这种委托。”

“这消息是谁说的？”

“管理员。是管理员很肯定地说的。”

“那就简单了。凶手就是这栋公寓的管理员。”

濑口无视一脸不满的加藤，脱下鞋子踏入门廊。左右两边立刻出现了两个房间，右侧的房间是卧室。

“其中一把钥匙就掉在右边那间卧室的地上。”

窗边的地上有一个用白粉笔画的圈。

“掉在这种地方？”

要是放在床边的茶几上还情有可原，这里作为放钥匙的地方可不太自然。

濑口打开左侧房间的房门。这个房间里有一块像独立电影院里的那种巨大屏幕，还有电视、音响和堆积成山的电子游戏机等，想必是影音室之类的房间。

“被害人的名字叫西山沙绫。是以西园寺沙也加为笔名的畅销漫画家，想必你也听说过吧？”

“啊，名字倒是听过，作品就没看过了。”

“毕竟是人气漫画家，想必非常有钱，我经常看到她豪迈地一次性买下数个名牌包的新闻。鉴于住在秋叶原，她似乎也经常购买家电。”

再往前走，右边是步入式衣帽间。看起来这个家里不仅家电多，衣服也不少，还有堆积如山的包、鞋子和空箱子。

“在这间步入式衣帽间的保险柜里放着第二把钥匙，即备用钥匙。然而保险柜上了锁。”

“现金没有丢失？”

“据说保险柜里有大约两千万日元。在银行里她似乎还有以亿为单位的存款，所以即使被偷了十万二十万，若不是她本人核对，也无法发觉。不，估计就算是她本人也看不出来。”

“房间里有被翻动的痕迹吗？”

“没有。钻石戒指和珍珠项链都被随意地放在洗脸台上。”

“也就是说，小偷作案的可能性很小。”

“应该是的。”

步入式衣帽间对面是卫生间和浴室。马桶盖会随着卫生间门的打开而自动开启，把濑口吓了一跳。可温水清洗的马桶座上有许多按钮。

浴室里装有一台小型电视。浴缸里放了水，貌似是会喷出多种多样的泡沫的泡泡浴式浴缸。换衣处放着有烘干功能的滚筒洗衣机，脚下还有正端坐在充电器上的最新型扫地机器人。洗脸台的柜子里堆放着电动牙刷、吹风机，还有身为男人的濑口不甚了解的状似美容仪器的东西。从各种家电上伸出的电线把插座塞得满满的。

沿着走廊再往前走，就是极为宽敞的客厅，内部附有吧台和厨房。

被害者仅穿着肉色内裤的尸体就躺在这个房间的地板上。濑口轻轻地双手合十，心想如此年轻貌美的女性却半裸着躺在这儿这么长时间，真是可怜。鉴定工作好不容易才结束，之后遗体会被搬到大学附属医院，在那里接受司法解剖。

默哀结束后，濑口开始调查厨房的情况。

先是一个大容量冰箱映入眼帘。打开一看，里面有罐装啤酒、红酒、牛奶，以及大量保健饮品。厨房里的新型家电也是多到令人叹为观止。电子微波炉、空气烤箱、IH 电饭锅[①]、意式咖啡机、酸奶机，还有一个陌生的巨大箱型机器。

“那是最新型的洗碗机。厨房大到这种程度，放一个这种大机器都不会碍事，真好啊。”

明明没人询问，加藤却主动进行了说明。濑口打开机器的盖子一看，里面确实放着清洗干净的盘子和碗。

“看来客厅是她工作的地方。”

从情况来看，这间客厅是死者平时创作漫画的地方。房里有应是用来摆放资料的大型书挡、打印机，以及工作用的大型书桌。桌上有电脑和一台与电脑相连的黑色长方形机器，以及一支像玩具一样的笔。

“最近漫画家似乎都是在电脑上搞创作的。只要用那个像笔一样的东西在屏幕上划动，电脑上就会出现线条。”

濑口试着用那根笔在屏幕上划了一下，电脑上顿时出现了一条笨拙的线条。

“上色和贴网点似乎也都在电脑上进行。时代真是变了啊。”

客厅里没有电视，倒是有一台与这个宛若家电之城的家不太搭调的古老的小型收音机，不知是不是电视的替代品。似乎尽管拥有如此之多的家电，这家的主人在工作时还是只

---

① IH 电饭锅是通过电磁加热技术加热的电饭锅。与通过加热盘加热的普通电饭锅相比，IH 电饭锅升温迅速，能够精准温控加热食材，通过磁力线穿透锅体进行加热。

爱使用这台古老的收音机。

“说起来，死者生前似乎还是电台主持人？”

“是的。”

濑口按下收音机的开关，一阵音乐响起。确认了一下电台频率，似乎是秋叶原 FM。

除了这些之外，房间里就还有简单的会客用家具组合和沙发。要说其他家电的话，估计也就只剩下空调了。

死者身旁扔着粉色毛衣和牛仔裤，而穿衣镜就在附近，所以死者当时正在这里换衣服？又或者是在准备进浴室的时候被杀害的？

“浴缸里放着水，对吧？”

“是的。”

“窗帘开着？”

“是的。”

濑口感到这里有一丝不协调。他看向那面映出了自己全身的细长穿衣镜，还看到了隔壁公寓前那条小路的模样。

“家里的灯是关着的，对吧？”

“是的。”

谋杀案是在黑暗中发生的吗？等鉴定结果出来，问题应该能立刻得到解答。

“濑口警官，会不会是变态作案？”

“也要考虑这种可能性，毕竟被害者如此美貌。”

濑口说着，跪下查看尸体的情况。

“是吧？而且被害人似乎拥有许多狂热粉丝，以及仇视者。”

“可如果是粉丝或仇人作案，房间里没有抵抗痕迹，就有些不太自然了。”

单从现场情况看，濑口认为这起案件应该属于情感纠葛或熟人作案。

“由于家里是密室状态，也有自杀的可能。”

加藤这样说的原因是被害者的脖子上缠绕着黄色领带。

“不……虽然还要看鉴定结果，但自杀应该不太可能。”

“为什么？”

“这里，你仔细看。这条领带只是绕在了脖子上而已，对吧？”

濑口指向缠在被害者脖子上的领带的交叉部分。

“如果这里打了结，那么姑且还有自杀的可能性。但如果仅凭自己的双手拉扯领带，是无法做到自杀的。因为无论意志多么坚强的人，在失去意识时也会松手。如果这里打了结，那么即便痛苦时想解开，也做不到了，倒有可能因此在挣扎期间窒息而死。”

“是这样啊。这么说来，这果然还是一起密室杀人案件吧？”

濑口叹了口气，抬头看向这名身材高大的年轻刑警。

“加藤，你这家伙一直在说什么密室、密室的，真的所有房间的窗户都上了锁吗？”

“阳台一侧的窗户都上了锁。靠走廊这一侧嘛，卧室的窗户上了锁。”

“那个像影音室一样的房间呢？”

“那里的窗户没锁。”

“那不就不是密室了吗？”

“但那扇窗户外面嵌着像铁格子一般的栅栏，人不可能进来。另外，那间影音室通往走廊的门关着，倒是可以把东西从外面扔进去，但很难再转移到客厅或其他房间。”

“那个铁格子栅栏有没有被拆卸过的痕迹？”

“那栅栏固定得很结实。我还去拉过，一动不动。”

濑口把双手伸进法式风衣里，思考了片刻。

“原来如此。的确是密室状态下的杀人案件。但首先我们需要确定死亡时间。这栋公寓门口有摄像头，有人出入肯定会被拍到。确定了死亡推定时间内的人员出入情况，搞不好就能轻松锁定嫌疑人。”

第二章

警方联系矢岛是在数天之后了。

虽然说是“自愿协助调查”，但电话那头的警察带有一种不容分说的威严。从秋叶原站步行两分钟便可到达万世桥警署，从秋叶原FM出发则需要五分钟。接到电话时矢岛正在准备晚上的直播节目，接着，上午十点，他来到了万世桥警署里的一个房间。

“你与西园寺沙也加，也就是西山沙绫最后一次见面是什么时候？”

这个宽敞的房间看起来像是会议室。屋里有两名刑警。矢岛被要求坐在位于房间一角的茶色长桌前的蓝色折叠椅上。

“十二月一日。”

“十二月一日，也就是你发现被害者的遗体的两天前，对吧？”

叫濑口的四十岁左右的黑皮肤刑警始终以笑脸相迎，他的眼中却没有笑意。另一位名叫加藤的年轻刑警拥有日本国家橄榄球队队员般的魁梧体格，比身高一米六的矢岛高出两个头，矢岛猜他的体重恐怕是自己的两倍。

“是的。”

“时间大概是几点呢？”

提问似乎是加藤的职责，那位名叫濑口的目光锐利的刑警只是把手背在身后听着。

“晚上。大概……应该是晚上十一点。”

“晚上十一点，确定吗？”

“啊，其实那时候我醉得很厉害，所以不太记得确切的时间了……”

“怎么回事？”

“呃，在那之前我在居酒屋喝多了，之后我确实去了她的公寓，但不太记得具体时间了。”

“矢岛先生，你为何要去被害者的房间呢？”

“她给我发了 Line，说有重要的事，问我能不能去她的公寓见面。”

“这样的事发生过很多次吗？”

“是的。毕竟她是个大忙人，我还曾经在深夜去她的公寓开工作会议。而且……”

矢岛突然停下了话语，正在打字的加藤抬起头看他。矢岛犹豫着要不要说出来，但一想到终究会暴露，便继续说了下去。

“我和沙也加在私人层面也很亲密，所以也曾因私事去过她家。”

加藤露出有些惊讶的表情看向濑口。濑口在察觉到他的视线后，回以仿佛在催促着什么的眼神。

“我可以理解为你们之间是恋爱关系吗？”身形高大的刑警单刀直入地问道。

“是的，就是这么回事。”

一瞬间，濑口的眼睛似乎迸发出精光，矢岛的心里警钟大作。

“是从什么时候开始的？”

“大约一年前。”

年轻男女在电台一起工作，会发生职场恋爱也是常有的事。特别是编导，在对节目产生热爱之情之后，很容易顺势与节目主持人或助手发展为恋爱关系。实际中编导和声优或主播结婚的例子也不在少数。

“你开始负责西园寺沙也加，也就是去世的西山沙绫的节目，到现在有多长时间了呢？”

“是从去年十月开始的，所以……已经有一年多了。”

“也就是说，你是在负责她的电台节目时，与她在私人层面上也变得亲近，最终开始交往的，对吧？”

“是的。嗯，你说得没错。”

“你和她的交往顺利吗？或者反过来说，最近有没有吵过架？”加藤一脸坏心眼儿地问道。

“多少有过几次争吵，但基本来说很顺利。”

矢岛一边忍耐着早就料到的对方投来的怀疑眼神，一边尽量故作冷静地说道。

“真的吗？那……你们聊到结婚之类的事了吗？”

“我最近提过结婚，但她以‘结婚又没有什么好处’为由，拒绝了我的求婚。”

事发一周前，矢岛曾在喝醉的状态下向沙也加求婚。然而当场就被悲惨地拒绝了。

“结婚没有好处，这是什么意思？”加藤追问道。

“沙也加自己已经拥有可供她玩一辈子的钱，所以结婚并不会给她带来经济上的好处。即使不是像她那样的大富豪，最近只要是收入还算可观的女性，都不会那么积极地想结婚了。”矢岛回答。

“是这样吗？”

本以为年轻的加藤会附和自己的推测，没想到他只是一脸意外地应了一声。矢岛把视线转向濑口，对方正背着手眺望窗外，似乎对此没有什么兴趣。

“但她很想要孩子，毕竟年龄也差不多了，她还曾经说过当未婚妈妈是她的梦想。”

“的确，死者三十六岁了。”

“是的。反正，我认为她没有和我结婚的意思。不过我们的交往还是很顺利的。”

“庶民真是无法理解有钱人的想法啊。”加藤自言自语地嘟囔道，“话说回来，你有没有配过西园寺沙也加家的备用钥匙？”

“没有。我们并不是同居关系。”

“那你知道她家有备用钥匙的事吗？”

“备用钥匙？不知道，我没见过。”

“除了她之外，你还知道有什么其他人可能有她家的备用钥匙吗？”

矢岛思考了片刻。

除了自己以外，沙也加可能还在和其他男性交往，只不过即便如此，对于因为工作需要一直待在公寓里的她而言，真的需要特意给对方配一把备用钥匙吗？

“嗯，我想不出来。之前我从没思考过备用钥匙的事，所以一时也想不出来。”

“这样啊……”

加藤敲击了几下电脑键盘，又翻看了一下手边的资料，问道：“说起来，十二月一日，你最后一次和被害者见面的时候，她穿着什么样的衣服？”

“呃……我不太记得了。”

“不记得了？为什么呢？”

“呃，刚才我也说了，其实那天我醉得相当厉害，连去过沙也加家里这件事都只能勉强记起，至于衣服之类的细节就真的记不太清了。我连自己是怎么回的家都不知道。”

加藤看向濑口，矢岛也不由得看了过去，然而对方还是一副不知道在想什么的样子。

“矢岛先生，你平常经常喝酒吗？”

“嗯，是的。”

“过去也有过喝到失去记忆的时候？”

“是的，说起来很不好意思，但偶尔会喝到断片儿。”

其实是经常喝到断片儿。

这时，濑口小声对加藤说了什么。加藤轻轻点了点头，不紧不慢地从桌上的茶色信封里抽出了一件物品。

“矢岛先生，你对这条领带有印象吗？”

一条套着塑料袋的领带被轻轻放在矢岛的面前。

矢岛感到心跳突然变得剧烈。

“等、等等，能让我仔细看一下吗？”

“请。”

矢岛接过套在塑料袋里的领带。这想必就是案发时绕在沙也加脖子上的那条领带吧。

“你有印象吗？”

“请等一下，我仔细看看。”

他确实对这条领带有印象。

这是一条黄色条纹的领带。矢岛把领带翻过来，看着商标，手开始颤抖。

是一条产自英国的名牌领带。

矢岛在今年二十九岁生日时从西园寺沙也加那里收到的生日礼物，就是一条同品牌同颜色的领带。

“你见过它吗？”

如果这条领带就是自己从沙也加那里收到的礼物，又为什么会缠在死去的沙也加的脖子上呢？

“好像在哪里见过，但……至于是哪里，我暂时想不太起来。”

矢岛控制着自己，勉强回答。

“矢岛先生，能再好好想一想吗？”

名叫濑口的刑警第一次开了口。

矢岛眨眨眼，凝视着那条领带。

“矢岛先生，你见过这条领带，对吧？”

濑口单手撑着桌子，靠近矢岛。

矢岛咽了一口唾沫。

此时此刻应该说出“我曾从沙也加那里收到过和这条领带一模一样的生日礼物”吗？

突然，矢岛感到一阵强烈的恐惧。既然自己承认了与死者是恋爱关系，想必已被列为怀疑对象，再加上自己还是尸体的第一发现人，如果此时再承认拥有和凶器一样的领带，简直就和说“我就是凶手”没两样啊！接下来会马上以杀人罪关进牢房吗？

“怎么样，矢岛先生？”

这只是个偶然罢了。

沙也加一直很喜欢这个英国品牌，在她家出现款式相似的领带可能仅仅是个偶然。沙也加送给自己的那条领带肯定还在自家衣柜里。

“不，我想不起来，抱、抱歉。”

矢岛握紧搭在膝盖上的双手，拼命摇头。

“是吗？”

濑口小声说着，缓缓地坐直了身子。

就在矢岛因安心而偷偷地吐出一口气时，加藤又换了一个问题。

“关于刚才问的死者的着装一事，想再问问你，最后去见被害者时，她是不是穿着深蓝色的牛仔裤？”

“我真的不太记得衣服的事了……”矢岛回答着，想起沙也加在家时也总是穿着牛仔裤，“啊，但被你这么一说，好像是牛仔裤。”

“是吗？上身是不是穿着毛衣，红色或粉色的？”

听了这句话，矢岛又想起她在家里经常穿粉色的毛衣。

“搞不好是的。”

“喂，矢岛，今晚的‘西园寺沙也加的推理之夜’要怎么办？”

调查结束后矢岛回到秋叶原FM，刚在工位上坐下，就被编排部部长石丸叫了过去。编排部可以说是广播电视台的关键部门，而作为这个部门的部长，石丸肩负着与节目相关的最高权限与最大责任。

“我的想法是，换成局里的主播，做个点歌节目。”矢岛站在石丸的桌前，一动不动地回答道。

“你是不是傻？你这家伙，今天可是‘rating日’啊。”

“rating日”就是统计收听率的日子。广播电台和电视台不同，不会每天都统计收听率，而是规定在每几个月里的某一周，由调查公司统计收听率。

“这种事我当然知道。”

和电视台的收视率相同，收听率对于广播电台的人而言就是绝对的评价基准。身为编导的矢岛自不用说，就连身为编排部部长的石丸也无法忽视那个数字。

“既然如此，你就给我好——好地思考思考。你听好，我不是经常说一句话吗？对于我们电台人来说，只要转变一下想法，危机就能在瞬间变为机遇啊。”

石丸那对眼白很多的单眼皮眼睛正在熠熠发光。

“那……如果是你会怎么做？最重要的主持人不在了，这要怎么做节目啊？”

“即使主持人不在，节目也能做。”石丸一脸坦然地断言。

“这种事……从现实层面来说是做不到的。”

“做得到。”

怎么做？矢岛开动脑筋思考。

“该、该不会叫巫女之类的过来，说要召唤出西园寺沙也加的灵魂什么的吧？”

“这种办法也可以。”

啊？这种办法也可以？矢岛在心中疯狂吐槽。

“这次是一起密室案件吧，不仅在推理爱好者中人尽皆知，新闻和综艺节目也接连几日大肆报道。虽然案件本身也确实很有爆点，但大家最想知道的难道不是这起密室杀人案件的谜底吗？你说对不对，矢岛？”

“嗯，听你这么一说，或许是的。”

“既然如此，我们就应该花两个小时做一期大型特集节目，向听众征集短信或传真，再把推理小说作家和退休了的警察叫来当嘉宾，让他们展开讨论。就像‘直播到清晨’[①] 一

①“直播到清晨”（朝まで生テレビ）是朝日电视台的一档深夜谈话节目，一九八七年开播，每次主题不同，主持人田原总一郎会与到场嘉宾在直播现场展开热烈的讨论。

样。”

石丸这个男人在性格方面再烂不过，在节目制作上却是个天才。

就像选中完全是外行的西园寺沙也加为主持人，最终成功打造出人气电台节目那时一样，石丸总能利用瞬间的灵感和强硬的手段，接连不断地做出史无前例的事。虽然矢岛并不认为密室之谜真能通过一次密室解谜特别节目解开，但至少可以肯定，那会是一期既紧跟时事又十分有趣的节目，搞不好能达成惊人的收听率。

离开石丸的办公室后，矢岛又回到工位坐下思考。

“矢岛先生，矢岛先生。”

被叫到名字的矢岛回过头，看到睫毛卷翘的兼职员工惠梨香正单手拿着话筒站在那里。

“前台似乎有找你的客人。”

“咦？客人？我没有约人啊。是谁？”矢岛一边确认手帐一边问道。

“说是一位叫手塚雄太郎的律师。”

时间已经到了一点。

晚上好，我是漫画家西园寺沙也加。

感谢您一直收听这个节目。不，正确来说，应该是感谢您“曾经”收听这个节目，对吧？

今天是几号呢？这段声音会播放出来，也就意味着我，西园寺沙也加已经死去，或是离死不远了。在几天前，我接受了妇科相关的癌症手术。从那时起，已经过了将近一个月。以防万一，我尝试着录下了这段遗言录音，并且把这份录音交给了我信赖的律师。如果我遇到什么不测，就会请他在这个电台节目里发表。

录下这份录音的主要目的有两点。一是为了向各位听众表达感谢。虽然我作为一名漫画家留下了很多作品，但我并没有所谓的漫画助手，我的家就是名为工作场所的密室。独自画漫画是一件艰苦又孤独的工作。而且，不知道是不是因为我的作品中偏向灵异风格的较多，有的时候会遭到没怎么读过我的漫画作品的人毫无理由的诽谤与中伤，也曾令我有过一段在精神上备受打击的日子。然而自从担任电台这一媒体的主持人以来，我收到了各位听众朋友在百忙之中发来的短信和信件，令我切实地感受到了和各位一起制作节目这一创造事物的本来乐趣。和各位一起拥有的那段时间是我的珍宝。真的非常感谢大家。

另外我还有一件事需要……不对，是必须告诉各位。如果你们认为这是一种背叛，我会觉得很难过。西园寺沙也加这个漫画家其实是两个人。虽然用这位举例让我不甚惶恐，但大家可以看作是和漫画家藤子不二雄老师相似的情况。没错，创作出许多优秀作品的漫画家藤子不二雄老师，是藤子·F．不二雄老师和藤子不二雄Ａ老师的共同笔名。同样是作者有两人，并且作品里还活跃着与作者同名的侦探的例子，还可以举出著名巨匠埃勒里·奎因。然而他似乎不太为最近的年轻人所知，这实在令人感到遗憾。

顺便一提，西园寺沙也加这一笔名，是结合主要负责出点子的我的本名西山沙绫，和主要负责作画的我的妹妹西山瑠加这两个名字得来的。

主要负责开展艺能活动的是我，而我的妹妹对媒体十分排斥，所以在不知不觉间，西园寺沙也加这个漫画家形象就固定成了我一个人。在这里，我不能吐露太多详细情况，但如果能再早一点对各位说明这件事或许更好。真的非常抱歉。

基于以上原因，漫画家西园寺沙也加今后也应该会继续活动，她的代表作《名侦探西园寺沙也加事件簿》里的名侦探西园寺沙也加想来也会继续活跃在作品之中。每次当有形形色色的人拜托她“请您到案发现场来”时，相信她都会对案件进行推理，并且充满自信地对真凶说出“我知道凶手是谁了”吧。当然，解开谜题的关键掌握在我的妹妹西山瑠加的手中，但我相信她一定能做到。

瑠加，你是有才能的。你的才能不仅限于做一个绘画机器人，明天的西园寺沙也加，就要靠你了。

然而各位听众，十分抱歉的是，这个电台节目只能到这里就结束了。瑠加恐怕不能主持这个电台节目。非常抱歉。

那么，要和大家说再见了。

但是请大家不要如此悲伤。信不信由你，各位也总有一天会到这边来的。好了，那么，请期待在天国重逢的那天吧……以上来自西园寺沙也加，即西山沙绫。

从演播厅的音箱里传出了已逝的西园寺沙也加的遗言录音。另一个西园寺沙也加，即西山瑠加，听后流下了大颗的眼泪。由于她提出“想要参加姐姐最后的广播节目”，所以电台请她来直播厅做客，没想到开头的这段遗言实在太具冲击性。

身穿黑色连衣裙、戴着雪白的珍珠项链的西山瑠加有一头漆黑的长发，长着一张和姐姐很相像的美丽面孔。她身旁的漫画编辑井泽尚登一脸担忧地抚着她的后背。这名编辑是一位穿着深蓝色西装、戴塑料黑框眼镜的青年，他不理会矢岛的多次劝说，坚决不愿坐在椅子上。矢岛斜眼看了一眼表情微妙的石丸，向演播室下达了指示。

随后，一名穿着绿色皮夹克的娃娃脸律师坐在了矢岛旁边的椅子上。

几天前，这名自称手塚雄太郎的律师来电台找矢岛，出示名片的同时递出了一张 CD。那张 CD 里录有西园寺沙也加中的姐姐，也就是西山沙绫的遗言。

一年前做了妇科肿瘤手术之后，以防不测，西山沙绫录下了这段遗言。手术前后沙也加仅住院几天，所以事后从未听她提起过此事的矢岛对此并不知情。

手术很顺利，这张 CD 也就被遗忘了。没想到发生了杀人案件，负责保管 CD 的手塚雄太郎律师便遵从沙也加的遗言，把它交给了秋叶原FM的矢岛。事情就是这样的。

谨慎起见，电台找专家对CD进行了检查，确认了CD中的女声声波与西园寺沙也加留在电台节目里的声波完全一致。声波是人类声音的波形展现，可进行分析，也可以和指纹一同被当作用来确认身份的方法。其实即使不采用这种方法鉴定，仅凭CD中阐述的事实是只有西园寺沙也加姐妹才知道的事，也可证明那就是西山沙绫。

就连和西山沙绫是恋人关系的矢岛，都不知道她还有个妹妹。找来西山沙绫做主持人的石丸也不知道这件事。在出版业界也几乎没人知道漫画家西园寺沙也加是个二人组合，只有责任编辑井泽知晓。

为何知者甚少，是有明确理由的。而且这个理由，与妹妹瑠加不能担任电台主持人的理由相同。

这理由就是，另一个西园寺沙也加，也就是妹妹瑠加，她无法说话。

矢岛偷偷瞥了一眼瑠加。正一脸认真地注视着演播厅的她，侧脸和她的姐姐很像，但和一头卷发、总是搭配完美妆容的沙绫相比，瑠加的妆容较淡，给人清纯的感觉。

“以上为你带来的是，西园寺沙也加的推理之夜……”

矢岛在这时按下了取样器的按钮，开始播放“sticker”，并给旁边的调音师下达了进广告的指示。

穿着绿色皮夹克的手塚雄太郎目不转睛地凝视着矢岛的举动。

这名有些奇特的律师提出“如果要播出遗言，必须让我也在现场”，于是节目一开始就来到演播厅观摩。

手塚似乎对演播厅里的器材，特别是对这个取样器十分感兴趣。的确，只要按下一个按钮，取样器就会播放出各种各样的声音，若孩子们看到，怕是会按个不停。

可这个叫手塚的律师也太天真无邪了。

虽然他长了一张娃娃脸，但看起来应该比矢岛大，在三十五到四十岁之间。这把年纪的他却一脸认真地不停追问矢岛：“这个机器，我出多少钱可以卖给我？”节目正式开播前正忙得团团转的矢岛实在不知该如何作答。

“等、等等，请不要碰。”

不知何时手塚已把手伸向了取样器，矢岛慌忙出言制止。

“啊，不好意思。进入广告之后听众就听不到演播室里的声音了吧，所以我还以为碰碰也没关系呢……”

他是怎么知道的？确实，播放广告期间，演播室里的声音是不会被播出的。

“啊，但即便如此，你随便触碰器材还是会让我很头疼，请老实地坐在那把椅子上。”

“对不起。”

手塚带着一副如被训斥的小狗般的表情重新坐回到了椅子上。

真想把这个人赶出去，就因为他说自己是“西园寺沙也加的律师”，才容忍他到现在的。

实际上，虽然手塚夸张地说自己是什么律师、顾问，但他其实算是沙也加的酒友。不过据说因为他是个狂热推理迷，沙也加非常喜欢他，熟识后遇到法律方面的问题便会找他咨询。

“广告过后请再说明一遍节目主旨，然后立刻开始募集短信。”

矢岛通过耳麦向演播室里的主播发出指示。这时，检查节目素材的AD小林突然“咦”了一声。

“啊，阿矢，这个遗言录音后面听着像朝鲜语一样的，是什么啊？”小林皱着眉问道。

“やスジ□□りや、エン□リ□ね、アサー□□シラ、メン□ソラジャン□み□ゥオー、いでアノー□むす□アグねつしぃ、エど□こ。せ□ヤウエ□こんデソン、□べね□ビッチ、サムーが□ヤダ□しぇる。おな□だ□—んのお、えーな□テシユゾーの□、まさぁ□さ。イーサイ、ぇー□みんさん、せドイ□つせっせすみや、ア□ガ□ににしさ”

手塚拿来的CD中，录有一段意义不明的话。

“是的，遗言结束后稍隔片刻，确实有那么一段噪音。我觉得搞不好是什么暗号，就没有删除。小林先生，你能听出是什么吗？”手塚热心地凑过来问。

“唔……比起暗号，听上去更像是某种咒语啊。”

“不知道是怎么回事啊。这一段也在声音素材里。”小林说道。

“啊，这可怎么办？要播放出来吗？”手塚问道。

“啊……但在节目里播出去是不是不太好？”

矢岛苦思冥想，依旧不知所措。这时调音师焦急地说

“广告还有三秒结束”，矢岛急忙冲着演播室举起了右手。

这期直播节目获得了空前的反响。

由于播出了已经去世的西园寺沙也加从天国发来的留言，听众们想必都吓破了胆。

节目开始三十分钟后，twitter 热搜关键词榜单就全被西园寺沙也加相关词语占据。大量短信发至电台，内容包括对故人西山沙绫的悼念、对妹妹瑠加的加油鼓劲，以及对密室杀人案的推理。矢岛在时间允许的最大限度之内对这些内容进行了介绍。

关于密室之谜，有人猜测是使用了针线之类的物理诡计；有人提出了利用动物或昆虫的奇思妙想；还有很多荒唐无稽的推理，比如说把门窗换掉了，等等。被邀请为嘉宾的推理小说作家和退休警察将这些推理进行分析后一一否定。

其中尤其令听众热血沸腾的是，西园寺沙也加仍在某个地方活着的推理。这段突然公开的由她本人留下的遗言录音，和突然公之于众的西园寺沙也加其实是二人组合的事实，似乎强化了她在人们心中的神秘形象。

“实际上西园寺沙也加还活着，死的是妹妹。为了寻找真凶，沙也加正在设置巧妙的圈套。”

“主持电台节目的西园寺沙也加是假的，真正的西园寺沙也加是个八十岁的老奶奶。”

“西园寺沙也加其实是自杀的，她在用自己的身体向警方发出挑战，看警方是否能解开谜团。”

这些如都市传说般的猜测在网上大肆流传，电台节目的播出进一步刺激了人们的想象力。

“关于这起密室案件，各位，有什么想法？”

利用播放广告的短暂间隙，矢岛询问在场嘉宾。

“这是一起本格式的密室杀人案，而且被杀的还是侦探。想必是一个相当狡猾的凶手使用了十分巧妙的手法。”

推理小说作家主张这是一起真正的密室杀人案件。

“我觉得这世上根本没有那种事。我支持西园寺沙也加是自杀的说法。如果是那样，密室之谜也能迎刃而解。”退休警察反驳道。

对于矢岛来说，是无须在节目现场得出结论的。相反，两方越是针锋相对，节目便越有趣。

“我不这么认为。这个密室，是很单纯的密室啊。”

背后传来一个声音，矢岛回头一看，手塚雄太郎正抱着胳膊站在他身后。

“凶手使用的应该是很古典的方法吧。像是利用绳子、针之类的，我觉得搞不好是很常见的类型哦。”

“手塚先生，请你适可而止。你确实是沙也加的顾问律师，但对于今天的节目来说你是一个外人，请不要进入演播厅。”矢岛抑制住大骂的冲动，尽量冷静克制地对手塚说。

“唉？啊，不好意思。不是，我看大家好像很烦恼，就把我的想法说出来了。”

“用不着。我们有充足的时间讨论，请你老老实实地在那边的椅子上坐好。”

矢岛说到这个份儿上，手塚只好再次以被训斥的小狗般的表情回到了椅子上。

广告之后，节目进一步升温，大量短信甚至导致服务器崩溃，再后来就连电台的主页都打不开了。

不愧是名侦探西园寺沙也加。

即使死去，也是能让听众为之狂热的王牌主持人。

节目的庆功宴结束后矢岛打车回了家，到家一看钟表，已经凌晨五点多了。虽然摄入了不少酒精，但矢岛还没醉。身体确实带有一种轻飘飘的兴奋感，但大脑深处却拒绝了酒精的侵蚀。

说起来也能理解，无论节目再怎么成功，毕竟自己的恋人被杀害了，他不太那么轻易能喝醉。

矢岛的脑海里浮现出和沙也加在一起时的回忆。

是矢岛先爱上沙也加的。

那时，一门心思只知道工作，没有交往对象的矢岛，无条件地坠入对美丽又多才多艺，而且是个名人的沙也加的爱慕中。刚开始交往时，矢岛二十六岁，沙也加三十三岁。虽然两人相差七岁，但矢岛一向不喜欢和自己同龄或比自己年纪小的异性，不喜欢那种幼稚感，因此这点对他来说反而很有吸引力。

沙也加是一名强悍的女性。

不论多忙，外出时她都会画上完美的妆容，并且每天都要细心地护理那头让她自豪的卷发。无论是漫画还是电台这边的工作，她都会拼命努力，努力到令矢岛担心她把自己逼成那样会不会过于疲劳。虽然她本人及作品经常遭到恶评，但她从未表现出失落。

然而，交往后矢岛才明白，那其实只是脆弱的另一种表现形式。

特别是当自己的作品遭到网友或媒体的攻击时，沙也加就会像变了一个人一般，她把气撒在矢岛身上，哪怕矢岛在一点小事上惹她不满她都会发一通火，或是在深夜说想吃某个地方的高级冰激凌。起初矢岛还认真地烦恼是不是自己做错了什么，时间久了，知道原因后，他开始觉得沙也加的脆弱十分惹人怜爱。

虽然比自己年长七岁，但沙也加毕竟是一名女性。

在不知该如何下决定，还有搬运重物和搞不懂家电的配线等时候，沙也加都会坦诚地向矢岛请求帮助。而且她非常不擅长家务和做饭，连一些基本常识都不具备，经常有脱线的地方。起初矢岛认为沙也加是一名强悍的成熟女性，但最近他已几乎感受不到二人之间的年龄差了。

矢岛认为沙也加是不擅长对人撒娇的类型。也许正因为矢岛比她小七岁，反而让她能轻松对待。

能跟沙也加交往，矢岛真的感到非常幸福。

然而两人并没有认真地用语言确认过彼此的爱意，并且沙也加很忙，二人甚至少有像样的约会。所以矢岛也不安地怀疑，自己是否真的是沙也加的恋人。

他还曾经觉得，或许对沙也加来说，比起恋人，自己搞不好更像个性伴侣。

沙也加在以中老年为首的男性中很受欢迎，她长得那么漂亮，又爱喝酒，据说过去还曾发生过喝醉之后和陌生男人共度春宵的事。

而且她很会照顾人，所以经常有男人会产生错觉，觉得她对自己有意思。矢岛想，也许是自己多虑了……但光这一年内就有数次可疑电话打来，他还曾看到过类似的短信。每次遇到这种事，矢岛都会很烦闷，然而最终他一次也没质问过沙也加。

这几个月，他们几乎没怎么行过男女之事。

再加上求婚被拒绝。

是不是除了自己之外，沙也加还有别的男人呢？

在沙也加以那种方式死亡之后，这一怀疑在矢岛的心中逐渐加重。

然而，如果是那样，到底是谁杀害了沙也加呢？

那个晚上，矢岛离开那里之后，又有人按响了沙也加家的门铃，恐怕还是熟人。而那个人，用那条黄色的领带，把沙也加勒死了。

黄色的领带？

矢岛想起上午被问讯的事，立刻在衣柜中翻找。蓝、黑、绿……领带架上挂着近二十条各色领带，地上还掉了几条。接着矢岛又翻遍了西装和夹克的衣兜，查看了所有背包。

但不管怎么找，也没能找到沙也加送他的那条英国品牌的高级黄色领带。

第三章

“间接证据实在是太齐全了，如果再从领带上查出你的DNA，搞不好真的会被逮捕哦。”

矢岛瞬间眼前一黑。

以防万一，矢岛来到了认识的律师兼田普一郎的法律事务所。之前都是通过电话和短信与兼田交流，来他的事务所还是第一次。事务所位于六本木一栋超高层大楼的高层，可以将美丽的东京夜景一览无遗。沉重的红木书桌上放着外国产的座钟，书架上摆着一排排皮革封皮的判例集。

“情况已经如此严重了吗？”矢岛感到不安。

身穿深蓝色西装的秘书端上盖着盖子的茶杯，脸上挂着事务性的微笑，将茶杯放在矢岛和兼田的面前。

“正常来看的话，是的。说到底，你……真的……那个……没有干吧？”兼田推了推眼镜的银色边框，说道。

“兼田先生，你在说什么啊？我才不是凶手呢。”

“既然你本人这么说……那凶手肯定……不是你了……”兼田喝了口杯子里的茶，说道。

矢岛曾拜托兼田作为法律顾问参与白天的法律咨询节目。

兼田虽不到四十岁，但发福的外表很有派头，黑色西装左襟上的金色律师徽章十分闪亮。

“那天我确实喝了很多酒，但不记得杀了人。”

“可是……这话很难启齿，但就算你一直否认，可只要从那条作为凶器的领带上检验出你的DNA，加上你在死者被杀之前曾造访现场，并且与死者存在感情纠葛，再加上当晚饮酒过量导致记忆缺失，被逮捕的可能性是非常高的。”

“我们没有什么感情纠葛啊。”

“矢岛先生，这件事你能证明吗？”

“这、这……”

“你很有可能制作备用钥匙，还是尸体的第一发现人，这些都是你被怀疑的原因。如果被逮捕，就要上法庭了。你有前科吗？”

“前科？有过几次违规停车和超速。”

“这些不算前科，没关系。但是，即使没有前科，杀人也是重罪，会被判十年左右。要是再加上强奸和抢劫，判刑时间还会加长。缓刑自然是没有的。”

“等等！请听好，兼田先生，我真的没有杀人啊。”

“哎呀，那是当然，既然你都这么说了，我觉得肯定没错。但是，我认为提前设想今后会发生的事情，对你来说是非常重要的。”

上节目的律师很多，但兼田与那些言行夸张或性格独特而被选中的综艺型律师完全不同。像兼田这样的人会说出这种话，矢岛不认为那是玩笑。面对眼前的紧迫现实，矢岛终于开始害怕。

“如果你自首的话……”

“自首？”

“嗯。日本的警察很重视自首。自首是证据之王，只要让嫌疑人自首，即使是假的，也会被法庭当作有力证据而采用。”

矢岛开始冷静地思考。

“请等等，兼田先生，怎么会有人没犯罪却还自首呢？”

“这就不一定了。你还记得二〇一二年发生的那起电脑远程操作案吗？”

“啊，确实。就是那起误抓了好几个人，最后才终于抓到了真凶的事件吧？”

“是的。那时被误抓的四人中，居然有两人是被逼迫做出了假的自首证言。”

“有两人？简直像是故意的。”

“是啊。日本的冤案，基本都是因警察强行逼迫嫌疑人做出假的自首证言造成的。还不知道有多少起冤案没有被发现，最终就直接被执行了呢。”

“真可怕啊。但是兼田先生，你不用担心，我是绝对不会为自己没有犯过的罪做虚假的自首证言的。”

“那么，你接下来打算继续全盘否认，是吗？”

“当然了。”

听到矢岛的这句话，兼田轻轻叹了口气。

“如果是这样，警察的审讯攻势会变得相当猛烈哦。”

“嗯？什么意思？”

“为防止冤案发生，警察会强行逼供。”

“唉？你刚才说是逼供制造了冤案啊？”

这话和之前完全相反啊，矢岛的脑海里一片混乱。

“警察当然也不想制造冤案。他们逼供的初衷是为了防止冤案发生。”

“什么意思？”

“我刚才说过，自首是证据之王，但只是自首，没有证据，也不行。从罪犯招供的内容中发现只有实际犯下罪行的人才知道的事实，也就是‘揭露秘密’，再辅以物证，这才是警察想要的。”

“揭露秘密？指什么？”

“以你的案例来说，假设你配了备用钥匙，并把钥匙扔在了某地，而从你供出的场所中真的找到了那把备用钥匙。这样一来，就能确定罪行了。这是只有你才知道的事实，并伴有物证，警察想找到的就是这种证据。”

“原来如此。所以在杀人案发生时，才会派出大量警察去河里寻找犯罪时使用的刀具啊。”

“是的。虽然现在导入了陪审员制度等，和过去相比变化很大，但警察们还是更想得到罪犯的招供和用于支持的物证。”

矢岛心想那就更没问题了。本来就没有犯过罪，怎么可能有什么秘密暴露呢？

* * *

“矢岛先生，凶手用来犯罪的这条领带，难道不是你的吗？”

聊完天气和工作等不疼不痒的开场白后，加藤把套着塑料袋的黄色领带放在矢岛面前，观察着矢岛的表情。在万世桥警署进行的第二次问询，开始三分钟后就迎来了高潮。

“那、那个……”

其实矢岛越看越觉得那就是沙也加送给自己的领带。况且自己的那条还不在家里。

“我们询问了多位案件相关人，有多人作证曾看到你系过和这条领带的设计非常相似的领带。”

被问到这个地步，矢岛自认不能再继续佯装不知，只能放弃挣扎。

“的确，我从沙也加那里收到过同品牌、样子也和这条几乎相同的领带作为生日礼物。然而是不是就是这一条，我真的不知道。”

“是吗？”加藤射来的视线变成了审视犯罪者的眼光，“那么你收到的和这条几乎相同的领带，现在在哪里呢？”

“那、那条，我昨天在家里找过，但到处都找不到。我想……可能是在哪里弄丢了。”

加藤和濑口交换了一个眼神。

“矢岛先生，能不能请你协助参与DNA调查？我们需要把你的DNA和从这条领带上检出的DNA做比对。”濑口以颇有威慑力的低沉声音说道。这恐怕是不能拒绝的吧。

“知道了。”

“西山沙绫的死亡推定时间已经察明，是尸体被发现的两天前，也就是十二月一日的晚上九点到第二天的凌晨三点。也就是说，你去被害者的公寓拜访的那个时间，刚好在范围内。”加藤看着手边的资料说道。

“那么，从我回家到第二天凌晨三点间，来沙也加家的人就是真凶。”

“但是，从你离开的晚上十一点，到翌日中午，没有外人进入公寓大门。”

“什么意思？”

“直到第二天下午，才有几个外人去那栋公寓，然而时间已经超过死亡推定时间很久了。”

“那……除了外人呢？在我走出公寓之后，都有什么人进过那栋公寓呢？”

“我们查看了所有防盗摄像头的记录，在你离开被害者家后，也就是晚上十一点二十五分之后，从玄关和地下停车场进入那栋公寓楼的共有八人。但已确认都是公寓楼里的居民，只是回家。”

“有没有可能是沙也加的狂热粉丝或仇视者偷偷进去了？”

“网上确实曾有过针对漫画家西园寺沙也加的死亡预告，这个可能性也是有的。毕竟还曾发生过狂热粉丝模仿漫画内容，真的去监禁幼女的案件。”

那起案件发生在大约一年前，之后，国会提出应规范面向青少年的漫画，沙也加的漫画因此受到了更多的关注。总之，不管是粉丝还是仇视者，只要是狂热关注者，就有很多危险的家伙。

“是啊，会不会是有人模仿漫画，在现实中对作者痛下杀手？我们做节目时也收到过令人不适且意味不明的短信。”

“但防盗摄像头没拍到有人偷偷进入公寓啊。”

“这不好说吧，那种危险的家伙，搞不好是从防盗摄像头拍不到的地方进去的呢。”

“我们正对附近的居民进行彻底的问询调查。目前为止还没得到有价值的情报。不过啊，如果是你说的那种情况，就还存在几个疑点。”

“疑点？”

“现场没有打斗的痕迹，虽然被害人上半身赤裸，但身上并没有施暴的痕迹。所以我们判断，是和她关系很亲密的熟人在深夜来到她家，由被害人自己开门把凶手带进家中，之后才被杀害的。”

加藤直勾勾地看着矢岛说着，语气仿佛在说，除了身为沙也加恋人的你以外，实在想不出凶手会是别人。

“会不会有人使用了备用钥匙？”矢岛慌忙说道。

“想制作备用钥匙，必须要有原来的钥匙。能得到她本人的允许把钥匙带出去的人，我们只能想到她的恋人你，以及她妹妹西山瑠加。而瑠加说她没有备用钥匙。那么我再问你一遍，你有那里的备用钥匙吗？”

“不，我没有。”

上次沙也加因睡懒觉而差点儿错过节目直播之后，矢岛曾大胆地提出配一把备用钥匙的请求，却遭到沙也加的拒绝。

那时矢岛已经在考虑结婚的事了，所以沙也加的反应也令他很伤心。

难道自己可以自由出入那个家会给沙也加带来什么不便？也就是说，除了自己之外，莫非她还和其他男性保持着亲密的关系？如果是这样，就是那个男人利用备用钥匙杀害了沙也加，矢岛的脑海中闪过这一想法。

加藤歪了歪头，低声道："你应该也听说了，这起案件因是密室杀人而被媒体疯狂报道，这是因为那栋公寓楼的钥匙很难配。所以，你所说的狂热粉丝或变态，是不可能用备用钥匙进入房间的。"

确实。

"没有备用钥匙……那会不会是同公寓的住户呢？那栋公寓有没有在每户房门前都设置了防盗摄像头？"

"确实，公寓各层没有防盗摄像头，所以公寓内的住户可以不通过玄关，直接去按响她家的门铃。只是，你离开时已是深夜十一点多了，就算是同公寓的人，独居女性会那么轻易地让别人进家吗？而且刚才我也说过了，房间里没有打斗的痕迹。"

如果只是同公寓的，应该不会让对方进家门吧。但如果是沙也加的另一位男友也住在那栋公寓呢？

"嗯……公寓楼中有和沙也加关系较好的男性吗？"

"被害者生前说过这种话吗？"一直沉默不语的濑口听到这个问题，马上探出上半身询问。

"不，她没有明确说过，但如果是这样，密室之谜就能解开了。”

“这样啊……嗯，鉴于此，警方会去调查有没有这种人存在的。”

虽然濑口这样说，但不知他对矢岛的话信了几分。

“从公寓大门处的防盗摄像头拍到的影像来看，你从大门进入公寓是在夜里的十一点零二分，出来时是十一点二十五分。即使考虑上坐电梯的时间，你也在死者家里逗留了近二十分钟。”加藤看着手边的资料，又开了口。

“咦？这样吗？我的记忆太模糊了，但在我印象里只待了五分钟啊。”

记得只交谈了几句。

“矢岛先生，你那时都做了些什么呢？”濑口眯起眼问道。

“那晚沙也加似乎有什么重要的话想对我说，但我喝得太多了，最终没说成。”

“这些你还是记得的，对吗？”

“是的。这部分我可以确定。我还记得我想喝咖啡，却把咖啡弄洒了，沙也加目瞪口呆地看着我，说今天说不成了。再往后就只有零碎的记忆片段了。”

“是吗？”濑口目光犀利，死死地盯着矢岛。

“是的，我的记忆就只到这里为止。”

“是吗……那对于那晚死者想说的重要的事，你有没有什么猜想？”

“我觉得应该与她的身体情况有关。那几天沙也加说生理期有些推迟，但由于她一直处于高压工作下，经常接连数天熬夜，生理期会不规律也在所难免，我就建议她先观望一阵。”

“你不觉得是她怀孕了吗？”

“即便如此，也肯定不是我的孩子。我们……很长时间没有做了，所以我认为从时间推算，是不可能的。刑警先生，沙也加她……怀孕了吗？”

“没有，没有怀孕。”

听到这句话，矢岛陷入了安心又有些失望的复杂情绪之中。如果沙也加有别的男人，还怀了别人的孩子，那会让他很受打击，但另一方面就能肯定孩子的父亲就是凶手了。

然而并没有发生这种事，那么，沙也加到底是被谁杀害的呢？

“兼田先生，能不能拜托你和我一起找出真正的凶手啊？”

第二次问询结束后，矢岛又来到了兼田位于六本木的办公室。这次造访是在白天，所以在都厅和新宿的高层建筑群背后，能看见丹泽山脉甚至更远处的富士山。

“真正的……凶手？”

听到矢岛的这句话后，兼田瞬间露出呆滞的表情。

“是的。我没有杀人。所以兼田先生，拜托你了，请想办法找出真凶吧。”

虽然沙也加没有怀孕，但矢岛认定那栋公寓楼里住着沙也加的另一个情人，只要找到那个家伙，就能解决此案。

“等等，请等一下，矢岛先生，请你听好，我是律师，律师可不是侦探，所以没法找出真凶。”

兼田大手一挥，把矢岛的话拦下。

“可如果找不到真凶，我就会被起诉，然后被判刑，对吗？”

“是。这一可能性很高。”

“那、那可不行啊……”

“我对你表示同情，但无论如何，从这些间接证据来看……”

兼田没有说完，拿起茶杯喝了一小口。

“可是，兼田先生，设法挽救这种局面，难道不是律师该做的吗？”

“我是律师，会努力减轻你的刑罚。”

“不不不，不是让你帮我减轻判刑，我根本就不是凶手啊。”

“这个之前你说过了。”

“所以，只要找到真凶，不就能证明我的清白吗？”

“这点是没错。但正如我刚才所说，律师不是侦探，所以我不能帮你找出真正的凶手。”

明明刚才语气还含含糊糊，这时却说得斩钉截铁，十分干脆。

律师不是侦探。

矢岛还以为律师的职责是对警察和检察方提交的证据进行细致的调查，指出证人证言的矛盾之处，从而找出真正的罪犯。然而，这种站在正义一方的英雄般的律师，似乎只存在于电视剧和小说中。

“我会在时间允许的范围内调查相关人员的证词，但毕竟，我手头还有其他案件……”

兼田说到一半，又开始变得含糊其词。

“我回去之后，应该还有人进入了沙也加的家。那个人肯定就是真凶。”

“但是，在死亡推定时间之内，并没有外人进入那栋公寓，对吧？”

“是的。所以我觉得凶手或许是公寓里的住户。”

“如果是这样，怀疑对象就太多了，凭我一个人实在无从下手。”

“不要这么说啊，兼田先生，这部分就拜托你调查了，好吗？”

“调查公寓里的所有住户？”

“嗯，麻烦你了，真是抱歉……”

看着低下头的矢岛，兼田咬住了嘴唇。

“唉……如果可以的话我也想这么做，可是矢岛先生……你……可以吗？”

兼田突然压低了声音。

“可以什么？”

矢岛不禁抬高了音量。

“费用啊。律师费。如果要一家一家拜访公寓住户，基础委托费是不够的，需要追加费用。但如果你被逮捕并被判有罪，恐怕就会被公司开除，到时候可连退休金都没有了哦。”

没有意识到这点确实是自己大意了。矢岛倒不是完全没有存款，但如果被逮捕，丢了工作，还要支付律师费，恐怕会在瞬间变得难以维持生计。

“说到这里，兼田先生，律师费大概多少啊？”

“我做的大多是面向企业的案子，基本不涉足刑事案件。但如果只是起诉前的辩护工作，委托费是两百万日元，然后再加上实际调查产生的必要经费。”

“这么贵？”

“另外，如果最终以不起诉告终，需要再收三百万日元作为酬劳。”

“啊，不行，我付不起这么多。”

“如果你被起诉，我就不收这部分费用了。不过啊，如果被起诉，就要收取打官司的辩护费，还是要花一笔钱。哎呀，我们这里确实收费比较高，你可以再找找其他地方，应该有愿意低价接受委托的事务所哦。”

矢岛陷入了绝望。虽然会被逮捕这点很令他恐惧，但似乎破产和失业更让人苦恼，恐怕一辈子都翻不了身。

“矢岛先生，我想问一个奇怪的问题，你有SM之类的爱好吗？”兼田突然问出这么一句。

“嗯？为什么问这个？”

“啊，没什么，你可能认为只要杀了人就是杀人罪吧，但其实，并不是所有致人死亡的事件都适用于杀人罪。”

“什么意思？”

兼田举起茶杯，“咕咚”一声一饮而尽。矢岛面前的茶杯还盖着盖子。

“如果你和沙也加小姐有SM的爱好，玩时导致她死亡，搞不好能够以伤害致死或过失致死罪论处。矢岛先生，你们二位没有这种爱好吗？”

兼田一脸认真地凝视着矢岛。

“不，没有。”

“是吗……那么，那条领带是你带去的，还是房间里碰巧有的，这点又会大大影响最终结果。如果罪犯是用特意藏在包里的领带勒住了对方的脖子，那明显就是蓄意杀人，是有计划的犯罪，判刑会很重。但如果是一时冲动，捡起了碰巧落在房间里的领带勒死了对方，就是冲动型犯罪。”

“原来如此。”

“就算你犯了杀人罪，也会根据动机判刑。以过去的例子来说，曾有常年受到亲生父亲性虐待的女儿最终杀死父亲；或是身患不治之症的妻子迫于无奈杀死了有阿尔茨海默倾向的丈夫，这类情况下凶手都被减了刑。你和沙也加小姐之间符合这类情况吗？”

自己和沙也加之间有什么对判决有利的特殊性吗？矢岛先假设是自己杀了沙也加，思考了片刻。

“没有，想不出什么特别的。”

“是吗……那么还有一项，如果你在犯罪时处于神志不清或精神衰弱的状态，也可以从轻判刑。刑法第三十九条中甚至还写着，对神志不清者的违法行为不予处罚。你的情况如何呢？”

“神志不清者的违法行为是指什么？”

“简单来说，就是犯下罪行的是无法做出理性判断的人，比如精神不正常之类的。”

兼田的这句话引起了矢岛的注意。

“如果在酩酊大醉的状态下杀了人，会被判罚吗？”

“唔，这个很难判断，不好断定。但可能会被判处过失致死，而不是杀人罪。”

“是吗……”

“嗯。如果是为了杀人而借助酒力则另说，如果没有杀意，却因醉酒引发冲动，最终用暴行致他人死亡，那就有被判处过失致死而不是杀人罪的可能。”

会不会是自己在烂醉状态下杀了沙也加呢？

会不会是自己借着醉酒之势勒住了沙也加的脖子，随后失去了记忆？矢岛再一次回想那晚在那间公寓里发生的事情。自己在房间里一边喝咖啡一边跟沙也加说了什么？因为自己醉了，没能说到“重要的事”。而关于那之后的事，脑海中就像罩着一层白雾，什么都看不到。

“矢岛先生。”

兼田的呼唤让他回过神来。

“矢岛先生，莫非你是喝醉后杀害了沙也加小姐，然后丧失了记忆？”

怎么会？真会发生这种事吗？

“我的确因为喝醉而有一段记忆缺失，但如果做出了那种事，我肯定会记得啊。”

“但你甚至不记得是怎么离开公寓的了吧？”

“是的……的确。”

兼田微微歪着头，思考起来。

“矢岛先生，你真的没有杀害沙也加小姐吗？”

“怎、怎么会是我……”

矢岛是笑着说的，兼田却一脸认真。

“如果你想起了那时的事，请再来找我商量。”

说着，兼田看向桌上的进口座钟。

“知道了。”

矢岛说着，无力地站起身。兼田也站了起来。

就要走出房间时，背后传来了兼田的声音：“啊，矢岛先生，请稍等。”

矢岛回过头，只见兼田递来一枚信封。

“这是咨询费账单，支付方是你的公司还是你个人？如果需要发票，我们可以准备，请尽管跟我说。”

矢岛在万世桥警署的第三次问讯开始了。人员还是老面孔加藤和濑口。矢岛又被带到了那个有茶色桌子和折叠椅的小房间。

“从那条黄色领带上查出了你的DNA。”

今天没有聊天气，矢岛刚一坐在椅子上，加藤就抛出了这句话。矢岛眼前一黑，脑海中掠过“逮捕”二字，什么都说不出来。

“矢岛先生，上次你说这条领带在某地丢失了，对吧？你能想起是在哪里丢的吗？”

这几天矢岛也一直在回想这件事。

“我想不起来具体是在什么时候、丢在哪里了。”

“矢岛先生，这可是非常重要的问题，你能不能再努力想想？”

如果想不起来，是不是就要被逮捕了？矢岛的心脏怦怦直跳。

“我会再想想的。那个，公寓里有和沙也加关系亲密的人吗？”

“我们去打听了很多次，但目前还没找到可疑人物。不过，就算真的有，那人也无法配制备用钥匙。”

“真的吗？在网上配呢？不是有什么暗网吗？那把钥匙的确很难配，但只要肯出钱，应该也会有人愿意配制吧？”

这时，站在窗边的濑口的眼中放射出奇怪的光芒。

“矢岛先生，你知道暗网？”

濑口低沉的声音令矢岛更加不安。

“不、不知道。”

“的确，如果是在网上找，或许有地方能配。”加藤接口道，说着看向濑口，濑口沉默着点了点头。

然而，濑口却问了个不相关的问题。

“矢岛先生，十二月一日深夜十一点去死者公寓前，你喝了多少酒？”

“那天……喝了多少来着？”

在去沙也加的公寓之前，矢岛和节目组的工作人员一起在神乐坂的一家居酒屋喝酒。开始时只想小酌一杯，转眼一扎啤酒就下了肚，等再叫来烧酒，就更刹不住了。

“记得喝了啤酒和烧酒。”

“量呢？”

“大概是啤酒两扎，烧酒……四合左右吧。”

“两扎啤酒加上四合烧酒，这么多啊，要是我，肯定早就喝倒了。”濑口一脸震惊地说。

“这些对我来说倒不至于喝倒。而且，我收到了沙也加的消息，说有重要的话说，那之后我自觉地收敛了许多。”

可最终还是喝到记忆缺失，才导致现在的结果。

“你收到死者发来的消息是在什么时候？”

“十点四十五分。事后我查了手机上的记录，应该没错。”

矢岛取出手机，当场展示那条来信记录。

“嗯，然后你就去了被害者的公寓，对吧？你有那时的记忆吗？”

“勉强还有。”

“你以前也说过，深夜十一点，你通过公寓大门进入了被害者家，然后就只记得和被害人聊了五分钟左右，之后就什么都不记得了。”

“是的。具体几分钟我也记不清了，但总之，在她家发生的后半部分的事，我确实不记得了。”

“你离开公寓时是十一点二十五分，但不记得是怎么回家的了。”

“是、是的。”

濑口转身回到窗边，向窗外眺望了片刻，随即缓缓回身，直直地盯着矢岛的脸。

“矢岛先生，会不会因为你喝得太醉，而忘记了杀害对方的事？”

矢岛心跳不已。

“怎……怎么会有这种荒唐事。”

矢岛挤出笑脸着向濑口，然而濑口的表情十分严肃。矢岛想起律师兼田也对他说过同样的话。

“两扎啤酒加上四合烧酒，这对于有些人来说，是会使人烂醉如泥的量。”

“嗯，或许是的……”

“而且，你不记得在被害者的房间里发生的后半部分事了，至少你不记得是怎么离开的了。”

“嗯，呃，是这样没错……”

“矢岛先生，不是你在那时勒死了被害者吗？只是因为酒精，丢失了那段记忆。”

“怎么会？做出那种伤天害理的事却没有记忆，这怎么可能呢？”

虽然矢岛嘴上否定，脑海中的一角却在思考这一可能性。

“你凭什么断定？失去了部分记忆的你有什么根据说自己没有勒死她呢？”

“根据？”

矢岛的脸色变得惨白。

“是的，能证明你没有杀害被害者的确实根据。”

“这、这……但是，再怎么说，做出那种事的话，是应该会留下记忆的。而且我和沙也加关系很好，也没有吵架。”

“你不是求婚被拒绝了吗，而且她的生理期延迟，让你怀疑她有了其他男人，不是吗？比如那栋公寓里的其他住户。”

“我会想到那种可能性，是源于对案情的思考。”

“是这样吗？事实上，你已经不记得被害人与你聊了什么了，所以也有可能她说到了这个话题。她对你坦言自己有了新的男人，你们发生争吵，最终你一时冲动，犯下了罪行。”

“荒唐。就算我们真聊到这些，也无法成为我杀害她的动机。”

“如果是在烂醉的状态下，我认为可能不需要动机就能造成事故。”

“事故？”

濑口盯着矢岛，双眼迸发出金属般的光芒。

“事故。人在酒醉后的行为可能没有动机。你不这样认为吗？被酒精搅乱的大脑是会暴走的。”

确实如此，喝醉的状态下常会做出反常举动，甚至无法一一说明原因。

“矢岛先生，你在烂醉的状态下将被害者勒死，并且丢失了那段记忆。从间接证据来看，真相就是这样。”

怎么会这样……

“那段时间你的身体状态如何，有没有持续睡眠不足？在身体状况不佳时，有时即使只摄取少量酒精，也会醉倒，不是吗？”

当时确实有点感冒，再加上那一阵子很忙，也有些睡眠不足。

“有没有喝什么药，或是注射了什么？”

“啊！”

矢岛小声地叫出了声。

“怎么了？想起什么了吗？”

“确实，那天傍晚，我喝了些感冒药。会不会药里含有不能和酒精一起摄入的成分？”

电台医务室的感冒药效果远近闻名。虽然用的也是医生开的处方药，但台里人都说里面可能加了什么成分。

“在冲绳，曾经发生过一起醉酒男性闯入附近陌生女性的家，用女性房间里的刀捅了对方数次的悲惨案件。”

“有、有过这种事……”

“是的。而且，凶手事后却不记得自己做过这种事了。”

现实中居然真的发生过这种事……

“好像服用危险药物或兴奋剂导致杀人的新闻更引人注目，但从件数来看，在日本，和酒精相关的暴力案件和交通事故要多得多。毕竟，从自动贩卖机上就能买到酒的，全世界也就只有日本了。”

濑口凝视着矢岛，带有异常的压迫力。

“所以矢岛先生，请你好好想想。就目前来看，在死亡推定时间里进入过被害者家的就只有你一个。这已是不可争辩的事实。”

“但也有可能有同公寓的住户进去过啊，不是吗？”

“我刚才说过了，我们没在公寓住户里发现与被害者有关系的人。”

“真的吗……”

“大多数住户在案件发生之前甚至都不知道被害者住在那儿。况且，能让身为年轻女性的死者在深夜毫不抵抗地让进房间，应该是相当亲密的人。”

“是啊，我也是这么想的，想着应该有那样一个人……”

“但我们进行了彻底的搜查，无论从被害者的手机短信记录，Line 及邮件记录，还是房间里的遗留物品中，都没有找出类似疑点。我们还对公寓住户进行了问询，也没发现任何可疑人物。”

“一个都没有？”

“是的。就算住在同一栋公寓，但也不可能完全不利用短信或电话联系吧，还能在面对警察的再三问询时丝毫不露马脚，你觉得会有这样的人吗？”

矢岛不禁陷入沉默。

“然而，在那个夜晚、那个地方，西山沙绫确实被杀了。这样一来……”濑口没有说完。

矢岛不由得倒吸一口气。

“你的意思是，是我杀的？”

濑口用力点点头。

“然而因为喝醉了，你对此完全没有印象。明明因醉酒犯了大事，身为重要人物的你却没有任何记忆，至今为止，你应该已经有过很多次这样的经验了吧？”

每次听到名人在喝醉后和出租车司机发生冲突的新闻时，矢岛都会提醒自己必须要注意。上司和前辈也多次劝他注意喝酒的方式，难道这一次，自己终于犯下了不可挽回的错误？

“矢岛先生，你能肯定你绝对没做吗？”

矢岛的脑海里掠过了曾因酒精犯下的种种错误。

之前有一次，醒来时发现衣服破破烂烂，肩上多了一大块瘀青；有一次房间里有一块不知从哪里捡来的“施工中”的看板；还有一次钱包里夹了一张从没去过的酒吧的发票；还曾不止一两次被人抱怨：“昨天可真够受的，你可别再叫我一起喝酒了。”而且，发生这些事时，自己都没有一点记忆。

“怎么样，矢岛先生？”

在濑口的直视下，矢岛对到底什么才是真相完全没有了自信。不，说起来，自己真的知道什么才是真相吗？

“矢岛先生……你能肯定你绝对没有做吗？”

双重人格。

每次矢岛听别人讲述自己在烂醉状态下做出了什么好事时，都会想到这个词。恐怕不止矢岛，只要是会撒酒疯的人，即使在事后听闻自己的丑态，也完全不会有自己就是当事人的实感，有时甚至会想，这是逗我呢吧。然而，就算犯事的是另一个人格，终究也还是自己做的，这是不争的事实。

“也许……我无法确定。”

矢岛睁开眼，看着自己的双手。自己用这双手勒紧黄色领带，夺走了沙也加的生命？矢岛将手握紧，想象着那种触感。

也许是这样的，没错。

也许在自己体内，住着连自己都不知道的可怕恶魔。是不是只要被灌入酒精，那只恶魔就会被释放？

“心理学中好像有一个词，叫压抑。”

他想表达什么？矢岛看向濑口的脸。

“如果在幼儿时期遭受了虐待或与性相关的恶作剧，当事人会因痛苦而自动忘记那段不快的记忆。但并不是真的忘记了一切，而是把记忆赶到潜意识里，不再主动回想起来。这一举动在心理学里被叫作‘压抑’。”

矢岛依旧沉默地看着濑口。

“据说人类的大脑非常出色，在遇到过于痛苦或令人大受打击的事时，会自动地将其从记忆里清除。对于人的生存来说，这是非常重要的能力，因为如果记住所有讨厌的事情，人或许会产生自杀的念头。”

“你该不是想说，我把杀害沙也加的记忆给压抑了吧？”

“虽然不知道压抑这个词是否正确，但从内心的变化来看，应该是一样的道理。”

听了濑口这句话，矢岛更加茫然，似乎连自己到底是个什么样的人都不清楚了。

“是带有明确的杀意、在清醒状态下杀人，还是喝醉后冲动杀人，在量刑时是有很大不同的。”濑口又突然改变了话题，“我不是检察官和律师，记得不太清楚了，不过刑法第三十九条里似乎写着，对神志不清者的违法行为不予处罚。”

律师兼田也说过同样的话。

“矢岛先生，事到如今，你还是老实认罪，早点重新开始自己的人生，这样不是更好吗？”濑口一脸温柔地说道。

“濑口警官，那个晚上，在我之后真的没人进过那个房间吗？”

“那个晚上，甚至没有外人进过那栋公寓楼。”

“真的吗……没有人进过那栋公寓楼？”矢岛转而向加藤确认。

“第二天倒是有几个人去，并且是去找被害者的，但他们到达公寓的时间是十二月二日下午一点到傍晚，距离死亡推定时间的一号傍晚九点到二号凌晨三点，至少已经过了十个小时。”

那他们就不可能是凶手。再加上那栋公寓楼里并没有沙也加的另一个男人，那么，果然是喝醉的自己把沙也加杀死的吗？

矢岛无言地闭上了眼。一分钟、两分钟……漫长的沉默支配了整个房间。

濑口和加藤什么都不说，等待着矢岛开口。

“我想问一下，是谁呢？”矢岛突然开口。

“什么是谁？”

“第二天去她家拜访的是谁？”

“她的责任编辑井泽尚登、妹妹西山瑠加，以及你的上司石丸雅史这三人。”加藤看着笔记说道。

“石丸部长？”

井泽和瑠加可以理解，可为什么石丸也去了沙也加的公寓？

“石丸部长为什么会去沙也加的公寓？”

“听说是有私事。”

以前也曾听到过石丸和沙也加存在不伦关系的流言。但由于沙也加激烈地否定，所以身为恋人的矢岛相信了她的话，然而事实究竟如何呢？

石丸他应该知道自己曾从沙也加那里收到那条领带的事，因为那条领带是沙也加在一次直播节目庆功会上当着所有员工的面送的。那次庆功会恰好办在自己的生日之后，身为编导的石丸也有出席。

“啊，我想起来了。”

“什么？”加藤一脸诧异地问道。

“我最后一次佩戴那条领带的时间。”

“什么时候、在哪里？”加藤探出巨大的躯体问道。

“我们每次直播结束后都会举行庆功会，我在十月中旬的那次庆功会上系过那条领带。那之后就找不到了。所以我想，应该是在那次庆功会上把领带弄丢了。地点是我们常去的一家位于秋叶原的居酒屋，名叫‘矶野渔业’。”

其他节目因为制作经费有限，不能每次结束都开庆功会，但“推理之夜”有嗜酒的沙也加自掏腰包，所以每次都会盛大地召开以庆功会为名的酒会。

“你说的这次庆功会，都有谁出席？”

“节目的工作人员和沙也加都去了，编导石丸部长也去了。”

“石丸部长啊……责任编辑井泽先生呢？”

井泽有时会参加庆功会，可那次他参加了吗？

“矢岛先生，那时你是怎么把领带搞丢的？”

“应该是喝酒时觉得系着领带太难受，就给解开了。但我那时喝醉了，不记得确切发生了什么。不过那之后我就没看到过那条领带了，所以我觉得肯定是那时候把领带搞丢了。”

“那天你喝了多少酒？”加藤停下了打字的手问道。

“我不记得了。有沙也加在场，我总会被灌到断片儿。搞不好我一个人喝光了一升瓶[①]的烧酒。”

沙也加在庆功会上会不分对象，一直灌。所以每周的节目庆功宴最后都只能由喝不了酒的兼职员工惠梨香来善后。偶尔会来参加宴会的石丸也是个完全不能喝酒的人，在全是醉鬼的宴席中，如果他想偷一条领带，想必轻而易举。

“应该能从兼职员工惠梨香那里问到更详细的情况。”

“嗯，我们之后去问问她。”

加藤把惠梨香的全名记在了笔记本上。这时濑口突然问道：“矢岛先生，那条领带有没有可能被被害者沙绫小姐带回了家？”

“被沙也加？”

“是的。”

矢岛略微想了一下。

①一升瓶是日本专用于盛装液体的玻璃容器（瓶），容量大约为一点八升。

“嗯，也不是没有可能。但我真的不记得那天后来的事了，也无法确认。”

“是吗……我只是在想，如果是被害者把那条领带拿回了家，又随便把它扔在了房间的某个角落，那么任何人都有可能用那条领带作案了。”

有这种可能。毕竟即使是石丸捡走了那条领带，他也没在死亡推定时间内出现在那栋公寓。

第四章

“依你来看，矢岛是有罪还是无罪？”

都在吸烟室里抽烟时，加藤这么问濑口。

“嗯，目前看来是无限接近有罪的灰色地带吧。”

“是啊。”

“间接证据太齐全了。虽然他本人说因喝醉失去了记忆，但他是死亡推定时间里出现在那个房间的唯一相关人员，还是尸体的第一发现人。即使还不确定他所说的暗网究竟是否存在，但他有配制备用钥匙的机会。如果他确实曾经弄丢过那条成为凶器的领带，那么那条领带作为物证还有些弱。对了，加藤，你去问过电台里的兼职女生了吗？”

“嗯，刚去问完回来。”

“怎么样？”

“据她说，十月十五日深夜，在秋叶原的‘矶野渔业’举办了节目的庆功会，那时矢岛确实系了条黄色领带。节目组有类似联络笔记的东西，上面也记录了那天的庆功会。兼职的女孩还作证说她记得矢岛当晚把领带解开，像喜剧演员那样系在头上。”

“那查明那条领带之后的去向了吗？”

“没有，向店里打听，也没有失物招领的记录。以防万一，我还利用秋叶原FM的经理保存的发票，联系到了当天晚上矢岛乘坐的出租车的公司。”

濑口觉得从出租车公司那里应该也问不到什么。既然从作为凶器的领带上检出了矢岛的DNA，就几乎可以认定那条领带就是矢岛收到的礼物了。

“看来那天矢岛的确系着那条领带出了门，问题在于是谁捡起了那条领带。石丸出席那场庆功会了吗？”

“出席了。从一开始就在场。”

如果捡起那条领带的是石丸，那么他是真凶的可能性就很高。案发后他造访过被害者的公寓，这点也很令人在意。

“井泽呢？”

“那天他没在。”

“被害者西山沙绫自然是出席了的，对吧？”

“是的。据说那天也是她付的账。”

“是嘛……”

濑口掸了掸烟，把烟灰抖在防锈铝制烟灰缸里。

“濑口警官，矢岛说他因喝得烂醉而失去了案发当天的记忆，你觉得这是真的吗？”

“唉，关于这一点，只有他本人清楚了。”

“矢岛他一面说不管醉得再厉害也不可能犯下杀人罪，一面又说自己没有一点记忆，不知道到底发生了什么。我觉得这完全不合逻辑。”

濑口叼着烟，不自主地点了点头。

加藤继续道："其实矢岛并没有失去记忆，只是在撒谎而已吧？领带的事也是，要是我们没指出来，估计他就会以沉默来蒙混过关了。"

濑口吐出一口烟，回味着加藤的话。

"兼职女孩虽然能证明矢岛在十五号的庆功会上解开了领带，但她并没有看到是谁捡到了那条领带。那也有可能是矢岛把它带回家了。"

"嗯，一般来讲，这种可能性最高。"

"要不要逮捕矢岛，进行一次彻底的审讯？搞不好他会迅速招供哦。"

濑口也考虑过这个方案。既然已经从领带上检出了DNA，申请逮捕令时应该不会遇到阻碍。

"喂，加藤，你觉得矢岛看上去像在说谎吗？"

"唔……他看起来像是个诚实的人，但证词本身还是不太牢靠。不知该说是不够明确，还是不够稳定？总觉得他隐瞒了些什么。"

"你是这么认为的？嗯……从间接证据来看，最有可能在那天晚上杀害被害者的人，肯定是矢岛。"

"对啊，我认为凶手就是矢岛。"

"不，先别急着下结论。"

加藤不满地吸了一大口烟，吐出白色的烟雾。

"加藤，我问你，人在醉到断片儿时，到底会做出什么举动啊？"

“唔……这也要分人吧，我上学时，有的前辈会进入说教模式。他会把同样的话不断重复很多遍，然而到了第二天，就连说过那些话的事都忘了。”

“这是没有办法制造短期记忆的类型。”

“什么意思？”

“喝醉后把同样的话重复很多次，是因为在脑内没有留下已经说过这些话的短期记忆，所以才会像第一次说出那些话一样，把同样的话重复一遍又一遍。”

“是这样的。虽然他完全醉了，但说的话还是很正经的。而且他的话正好戳中了我的痛处，甚至带有十分中肯的忠告，一遍又一遍的，让我听了更生气了。”

加藤似乎真的很生气，濑口忍不住笑出了声。

“另外还有第二天把喝酒时发生的事都忘得一干二净的人。”加藤又说道。

“嗯，这种情况是在酒后入睡时，神经回路遭到了破坏。”

“啊，说起这个我想起来一件事。在派出所当巡警的时候，曾遇到过醉酒后胡乱挥刀的男性。当时姑且让他在拘留所睡了一晚，结果，第二天询问的时候，他完全不记得自己曾挥刀的事了。”

濑口把香烟在烟灰缸中摁灭。

“那么，我们再找矢岛来问一次话吧。如果能取得类似自首的笔录，就立刻申请逮捕令。”

这天的问讯在一个仅有约三个榻榻米大小的狭窄房间里

进行，矢岛从濑口和加藤身上感受到了不同于以往的压迫感。

“我们问了电台里的兼职女孩，证实那天你确实系了那条黄色领带，还在居酒屋把那条领带从脖子上解了下来。”

“是啊。”

“因此，有可能有人在那家居酒屋捡走了那条领带，也有可能是你自己把领带拿了回去。对此你还记得些什么吗？”

虽然是“自愿协助调查”，但加藤的口气像在审讯。事情果然没简单到仅凭兼职员工惠里香的证词就能让自己脱离嫌疑的程度。矢岛深切地感受到自己身上的嫌疑已经越来越重了。

“没有。只是因为事发后就找不到领带了，我回忆了一下，觉得是那天丢的。那天在居酒屋发生的事我也不记得了。”

“你这个人，还真是经常失忆啊。”

“真是抱歉。”

“啊，反正无论是你带回去的，还是其他人捡走的，那条领带成了凶器的事实是不会改变的。”加藤语气轻快地说道。

矢岛不明其意，又听濑口说道：“假如是被害者西山沙绫在居酒屋把那条领带捡回了家，仍然有可能是你偶然发现了那条领带，然后犯下了罪行。”

濑口的这番话令矢岛呻吟出声。照这样来看，领带丢失一事也不能为自己洗清嫌疑。

“我总结了一下至今为止几次问询的笔录，矢岛先生，你能在上面签个字吗？”

一张纸被递到矢岛面前。

供述笔录

嫌疑人 矢岛直弥

调查官 濑口守

我于十二月一日晚十点，在位于新宿区神乐坂三丁目〇〇〇的居酒屋“京屋”喝了两杯啤酒和四合烧酒。中途收到被害人发来的消息，说有重要的话要说，想在今晚见面。之后我乘坐出租车，在晚上十一点零二分到达被害者居住的“秋叶原之家公寓”，按下公寓大门处的门铃，传达了来访之意。被害人穿着粉色毛衣和深蓝色牛仔裤，把我引入一〇〇五号房，请我在客厅喝了咖啡。然而我把咖啡打翻了，最终也没能聊成重要的话题。

那天我因为身体不舒服，服用了感冒药，导致自己比预想中醉得更厉害，可以说已是烂醉。离开公寓之后，我陷入酒精导致的神志不清状态，进而失去了一段记忆。我经常有喝醉后丧失记忆的情况，而从喝醉后的行为和现场的情况来看，我无法完全否定曾杀害西山沙绫的可能。我应该是在公寓楼下坐上出租车回了家，但我也没有那段时间的记忆了。

矢岛直弥

真的可以在这上面签字吗？越是来来回回地读，矢岛就越无法否认上面的内容。

“怎么样？签不签？”

加藤以不容分说的口吻步步紧逼。

“嗯……事实大概是这样的没错，但这样写，感觉就像我是凶手一样啊。能不能删掉‘从喝醉后的行为和现场的情况来看，我无法完全否定曾杀害西山沙绫的可能’这句话啊？”

“为什么？你什么都记不住了，又凭什么断定自己没有杀人呢？”

“凭什么……就凭我没有杀过人的记忆啊。”

“这点你上次也说了。你说自己既没有杀了人的记忆，也没有没杀人的记忆，对吧？如果是这样，那你就是无法否定杀害了被害人的可能性啊？”

“确实是，但这种写法……有点……”

“有点什么？我们可没想把笔录写成是你杀害了被害人的意思。”

加藤突然提高音量，还看似下意识地用手猛拍了一下桌子。

矢岛感到胃像被人攥紧了一般。

“那能不能至少改成‘不知道自己杀没杀人’啊？”

“濑口警官，你觉得呢？”

加藤看向濑口。

此时濑口心里想的是，间接证据十分充分，再加上已经在领带上查出了疑犯的DNA，只要能取得矢岛承认失去了死亡推定时间内的记忆的笔录，再稍微对检察官隐瞒一下矢岛怀疑领带早已在居酒屋丢失一事，应该就能拿到逮捕令了。

于是，濑口用低沉而富有磁性的声音问道：“矢岛先生，改成那样你就会签字了吗？”

“唔……嗯。改成那样，我就签字。”

濑口使了个眼色，身材魁梧的加藤便缩起身子在电脑上修改笔录。房间里只听得见打字的声音。

如果在这份笔录上签了字，事情会变成怎样呢？矢岛想着。从作为凶器的领带上检出了自己的DNA，公寓里也没有其他与沙也加有关系的住户，果然，自己的嫌疑最重。

真的是自己喝醉后杀害了沙也加吗？

这时，修改过的笔录被递到了矢岛眼前。矢岛反反复复地阅读这份笔录，确认内容确实按照他的要求进行了修改。他再一抬眼，发现濑口和加藤正死盯着自己。

矢岛深吸一口气，拿起圆珠笔。

然而，这个瞬间，一个疑问闪过他的脑海。

“啊，可是，钥匙又该怎么解释？”

“钥匙？”濑口忍不住反问。

“钥匙，钥匙。”矢岛转了转右手手腕，“假设，就像是这份笔录里暗示的，是我在烂醉状态下杀害了沙也加，那么我是如何锁上门、制造出密室的呢？”

“这……”

濑口皱起了眉头。加藤也不禁表情凝重。

“我可不记得我锁了门。”

“等等。那个……假设你在烂醉状态之下杀害了被害人，行凶之后当然是想赶快离开那里。这时，如果是你，会把房门锁好吗？”濑口问道。

矢岛感到一阵混乱。说到底，自己根本就没有杀害了沙也加的记忆。就算是烂醉状态下了手，也是酒后的另一个人格做的，和自己不同……

“这我无法回答。”矢岛只好这么说。

“想想自己的习惯，应该有些行为模式吧？而且，你肯定知道被害者把钥匙放在哪里了吧？”

听濑口这么一说，矢岛开始回忆沙也加的房间。说起来，自己在沙也加家里看到过钥匙吗？矢岛回顾过去，却什么都没想起来。

“不，我不知道。所以，即使烂醉状态下的我杀害了沙也加，也锁不了门。”

没想到濑口大声说道：“你如果杀了人，肯定会想方设法延长尸体被人发现的时间，因此肯定会锁门的。或许那晚，钥匙就放在桌子上这种一眼就能看到的地方。如果是那样，凶手就可以把钥匙拿起来，再把门锁上。如果是我，肯定会那样做。”

“如果钥匙放在那种地方，凶手确实会那么做吧……”矢岛的语气已有些动摇。

“所以说，虽然你喝醉了，但还是能把门锁上的。听好了，麻烦从这里开始。矢岛先生，你是如何把钥匙放回她家的呢？”

“哈？”

矢岛已陷入严重的混乱。

“请设想一下喝醉时的自己，你从屋外锁上了门，请好好想想，如果是你，在那之后会如何处理那把钥匙？”

矢岛想象着自己锁上了沙也加家的大门。

“会放到口袋里带回去吧。”

“这么说来，现在钥匙就在你手上？在你家？”濑口瞪圆眼睛问道。

“怎么可能？当然不在。”

“那你是怎么把钥匙放回去的呢？”

“你问我怎么放的……”

如果是喝醉的自己，会怎么做呢？矢岛回忆起玄关左侧的房间窗户没锁。

“应该会从那扇窗户扔进去吧，大门左侧的房间，窗户没关。”

“可钥匙不在那个房间里。钥匙在隔着一条走廊的玄关右侧，也就是卧室里。但就算技术再怎么高超，也无法从那个窗户把钥匙扔进卧室，因为影音室的门是关着的。”

如果是这样，那就没有把钥匙放回屋里的方法了。

“那可能没有放回去，而是锁上门之后扔到哪里了吧。如果是喝醉时扔掉的，我就又不记得了。”

“死者家里有两把钥匙，一把在卧室，一把锁在保险柜里。”

“唉？就这两把？没有其他备用钥匙了？”

“公寓楼的管理记录上没有制作过备用钥匙的记录。不过，就像之前你说过的，不排除有人通过暗网配制的可能。我们了解到的确有那种网站存在。”

濑口的眼睛发射出可疑的光芒，问道：“矢岛先生，你真的不知道那种网站吗？”

“不，不知道。”

糟糕。

这个问题似乎不仅关乎钥匙，搞不好还会将案子变为预谋杀人案。

矢岛主动问道：“那有没有类似换气扇那种，向外开的孔？”

“厨房的换气扇冲着阳台一侧。想从那里把钥匙扔回卧室，应该更加困难。”

这次换加藤把换气扇的照片展示给矢岛并进行解说。

“那么，有没有可能没有用钥匙，而是从玄关用绳子之类的锁上了门呢？”

“那扇门的锁是扭转型的，而且有两道，从外部要如何用绳子把两道锁都锁上呢？矢岛先生，你能试着做一下吗？”

扭转型，还有两道锁。矢岛想起了玄关处的那两道锁，很难想象能用绳子把那两道牢固的锁都锁上。

“我想我办不到。”

“那到底是怎么上的锁呢？即使你说没有记忆，但现在看来有很大可能是你做的。你肯定能想到些什么吧？”

自己在烂醉状态下能够做到那种事吗？从外部把门锁上之后，要如何让钥匙回到卧室呢？

“卧室外侧的门锁上了吗？”

“嗯，锁上了。这是房间的示意图，要看吗？”

加藤把一张纸递到矢岛面前。

“请给我看看。”

矢岛仔细地看着“秋叶原之家公寓”一〇〇五号室的示意图。加藤也抱着胳膊扭过头来看。濑口坐在椅子上，面无表情地望着两人。

钥匙是在卧室地板上找到的，卧室里有一扇窗户，但牢牢地锁着。据加藤说，窗户很严实，没有能塞进钥匙的缝隙。

不行啊，除非是有超能力的人，否则不可能实现这一奇迹。

“我不知道。”

“矢岛先生，不要这么轻易就放弃，这也许是你制造出来的密室哦。”

是我制造出来的密室？虽然自己还算擅长猜测推理小说中的凶手……

“但玄关左侧这间屋子的窗户没有上锁，对吧？”

“是的。”

“果然最可疑的还是这里。”

但在加藤出示的照片里，那扇窗户外有牢固的铁栅栏。

“铁栅栏间的缝隙约为十五厘米，人肯定无法穿过，即使是小孩也不行。”

“如果是猫呢？经常有利用动物的手法。”

“动物啊……如果是仓鼠之类的应该可以。猫呢……感觉也能勉强穿过。鹦鹉之类的鸟类应该没有问题。”

“无人机之类的呢？”

“无人机啊。确实，如果是小型无人机的话，搞不好可以。嗯，无人机。矢岛先生，这个想法不错。”

小型无人机似乎可以从那个缝隙进入房间。

“肯定是用无人机把钥匙放回去的吧。”

“那你是何时购买的无人机呢？”

“啊？我？”

“对啊，是你利用小型无人机，从这个缝隙把钥匙放了回去，不是吗？这样一来，密室之谜就解开了。然而，这套复杂的操作肯定需要练习，你是何时进行练习的呢？”

“不不，我根本没有无人机，当然也没有操控经验。”

“嗯，确实，如果你在清醒的时候做过准备，应该会有那部分的记忆。然而这个密室却是醉汉在现场仅凭一时的灵感制造出来的。矢岛先生，这个密室之谜可是相当难解啊。”

矢岛和加藤两人抱起胳膊，继续盯着房间的示意图。

“你擅长手工活之类的吗？”

“不，完全不行。”

“平时看推理小说吗？有没有可能是在哪本书里读到了某种划时代的手法，即便在喝得烂醉的状态之下也能制造出密室？”

“推理小说吗？那倒是读了不少。”

“啊！那在你至今为止读过的作品中，有没有可以运用到现实中的诡计？”

“我想想啊……还得是密室题材的对吧？”

“是的，比如狄克森·卡尔或有栖川有栖的。”

“嗯……我对本格推理没有那么喜欢啊。”

“漫画也可以。”

矢岛歪头想了想。

“有没有可能不是用钥匙锁的门，而是把整个门给换了。”

“这不太现实吧？深更半夜的，要把沉重的大门搬到公寓十层，还要安装，肯定会被人发现啊。”

“确实。不过这种手法是存在的。”

加藤点点头，一脸认真地等待矢岛的下文。

“有没有可能是通过使关节脱臼的方法，从窄小的地方穿过去。”

“关节脱臼？你拥有在喝酒之后能使关节容易脱臼的特技吗？”

“不不，我没有那种特技。”

矢岛赶忙挥手，否定了加藤的推测。

“真是的，矢岛先生，你认真想想啊。”

“这么说真是失礼，我已经够认真的了。只是推理小说里出现的，净是些不现实的点子……啊，还有利用毒蛇杀人的。如果是那样，蛇倒是可以从铁栅栏的缝隙中进入，再从换气扇逃走。”

“请你适可而止，要是毒蛇的话不应该是毒杀吗？法医鉴定结果已经确认被害人是因喉咙被勒住导致的窒息死亡。”

“那就不是蛇了。”

“啊不，等等。蛇也可以啊，如果把蛇绕在脖子上，也可以把人勒死啊。矢岛先生，你有在喝醉后能变成御蛇人的特技吗？”

“御蛇人？”

“喂！你们俩都给我安静。”

坐在后面的濑口发了话。

“濑口警官，我们这不是在讨论密室之谜吗……”

“什么密室，就没有什么密室杀人，答案非常简单。”濑口一脸不高兴地说道。

“你是说你可以解开这个谜吗？”加藤不禁叫了出来。

这个令推理小说迷矢岛和加藤绞尽脑汁都无法解开的谜题，居然会被与推理小说最为无缘的濑口断言“简单”。

“矢岛，尸体的第一发现人是你和管理员森，对吧？”

“对，没错。”

矢岛看向濑口，濑口侧对着他，表情极为不快。

“是森先进屋的，之后跟在后面的你独自进入了玄关右侧的卧室，你就是在那时把钥匙从口袋中掏出，偷偷放到地上的。”

“不，这是绝对不可能的。”

“为什么？”

“十二月一日我喝醉了，记不得自己做了什么，可能干出了些莫名其妙的事。但十二月三日，也就是发现尸体那晚，我能记得所有事，全部一清二楚。而那种事，我肯定没做过。”

“你这么肯定吗？像你这么爱喝酒的人，那天晚上也至少喝了一杯啤酒之类的吧？”

“没有，那天要准备直播节目，没有哪个编导会在节目直播之前喝酒。那晚我一滴酒都没沾。”

喝酒之后可能会忘记自己干过的事情。然而若是在清醒状态下，矢岛是不会忘记自己做过的事的。

“你确定？”

“嗯，千真万确。而且，假设我在喝醉的状态下，于十二月一日把钥匙带回了家，酒醒之后就会发现自己拿着别人家的钥匙，但我不记得我有那把钥匙。”

第五章

“抱歉在百忙之时多次打扰，我们有些问题想问问你。”

虽然有很大可能是矢岛在烂醉之下犯的案，但还剩下密室之谜没有解开，因此濑口和加藤决定再次对相关人员展开调查问询。

“请便、请便。关于这次的事，我们电台也被要求全面协助警察的工作，所以你尽管问。”

他们与秋叶原FM的编排部部长石丸雅史约在电台附近的一家叫“夏目”的咖啡店见面。濑口和加藤向穿着深蓝色制服和白围裙的女店员点了热咖啡，石丸则点了冰可可。

“可能因为不能喝酒的关系，我特别爱吃甜食。这里的冰可可相当不错，蛋糕也很好吃。”

以这句话作为开场的石丸穿着茶色皮夹克。虽然都是媒体相关人员，但石丸和濑口他们平日接触的报道案件的记者风格上有很大差别。据说石丸已经四十多岁了，但可能是那头茂密长发的原因，看上去像三十多岁的。他长着一双锐利的三白眼，在濑口眼中，他是一个不知道在社交性的笑容背后藏着些什么的男人。

"首先我们想问一下你和西山沙绫的关系。听说是你把西山沙绫，也就是西园寺沙也加选为电台主持人的。"濑口首先发问。

"嗯，我们是在大概三年前，通过熟人介绍认识的。听说她是个漫画家，我还在猜想会是个怎样的人，没想到居然那么美。而且她说话很有趣，我觉得她很有做综艺的潜质，便问她愿不愿意做深夜直播节目的主持人。"

石丸用吸管搅着冰可可里的奶油，说道。

"哦，我得知那档节目很有人气，最近还上了电视。从这点来看，你很有先见之明啊。"

"哪里哪里，只是碰巧而已。而且当时西园寺沙也加在漫画界已经很红了。"

西园寺沙也加作为漫画家出道是十多年前的事了。《名侦探西园寺沙也加事件簿》成功大卖，身为美女漫画家的她成为大家热议的名人。但还是不得不提石丸找她来当电台主持人这件事，促使她又以文化人的身份大红大紫。石丸在这方面似乎很敏锐，至今为止已成功包装了多名人气主持人。

"你知道她在与矢岛交往的事吗？"

"他们没有告诉过我，但从矢岛生日时收到沙也加送的领带时，我就觉得他们俩有些可疑了。"

"为什么呢？"

石丸吸了口可可，黑色的液体涌上吸管。

"会有女人给普通男性友人送英国产的高级领带做礼物吗？那天在现场我还听到了一些传言，再加上毕竟我是一手培养西园寺沙也加的人，关于她的事我总能知道一二。”

濑口喝了一口面前的黑咖啡，芳香的气息立刻在鼻腔和口中扩散开来。

“这样啊。说起来，你也参加了十月十五日在秋叶原的‘矶野渔业’举办的庆功会，对吧？”

“是的。我刚才看了日程本，上面也有记录，应该是参加了。”

“你们电台的一位女性兼职员工说那天看到矢岛先生把黄色领带解下来绕在了头上，对此你有印象吗？”

“那个庆功会总是吵吵闹闹的，我记得好像发生过这种事。”

“那你有没有把那条领带捡回家？”

“没有，我连碰都没碰过那条领带。这点我可以确定。”

石丸眼神坚毅，明确予以否认。

“那么，在庆功会上，你对那条领带还有什么印象没？比如被害者有没有拿过那条领带之类的？”

听了加藤的问题，石丸歪着头思考了片刻。

“啊，她确实拿过。特意送的礼物被那样对待，她看上去好像很不高兴。”

“那你知道那条领带的下落吗？”

“我那天比较兴奋，所以不太清楚那条领带后来怎么样了。”

石丸轻轻地摇头，加藤叹息了一声。

“石丸先生，十二月二日下午五点，你去过西山沙绫的公寓，对吧？”这次是濑口看着笔记本问道。

“是的。”

“据你所述，你在大门口按响呼叫器呼叫她，但没人应门。于是你拜托管理员让你进去，又上楼到她家门前敲门，然而还是没人应答，所以你就打道回府了。”

“是的，没错。”

“你特意跑到她家，想必是有什么非常紧急的事情吧？是不能打电话解决的事吗？”

石丸用力吸着剩下的冰可可，发出“滋滋”的声音和冰块转动的声音。

“我当然给她打了电话，座机和手机都打了好多次，但她不接。我还以为她是因为截稿日临近而装作不在家。”

“是有什么需要立刻与她商讨的重要事件吗？”

“必须要说出具体是什么事吗？”

“希望你能如实相告。”

石丸又“滋滋”地吸了吸，但杯子里只剩冰块融化后的水了。

“我想向她借一笔钱。”

听到这个意外的答案，濑口和加藤对视了一眼。

“你们知道FX，也就是外汇保证金交易吗？”

“嗯，听说过。”

“是一种外汇交易，但可以利用杠杆，用高于现有资金几倍的虚拟资金进行买卖。即使是像我这样的上班族，只要操作得当，也能赚到数百万日元。”

“嗯，然后呢？”

“但是如果判断失误，几百万日元也会瞬间蒸发。”

“所以你才向她借钱？”

“对。最近日元急剧升值，行情出现波动，如果不及时追加投入一种名为‘追加保证金’的资金，我的账户就会被强制结算。不过外汇这种东西，只要坚持几天，行情肯定会恢复。这点和股票不同，股票是如果公司破产，就全都化为泡影，但国家发行的货币是不会失效的。”

濑口点点头。

“西园寺沙也加的家里经常存放着相当数量的现金，过去我也曾拜托她帮我渡过危急关头。所以，说来惭愧，这次我也打算借助她的帮助。对她来说，我打算借的数百万日元，简直不值一提。”

“原来如此。但最终你没能借到钱。”

“嗯，所以几百万打了水漂。要是让我老婆知道，该和我离婚了。”石丸有些自嘲地笑着说道。

“过后可以让我们看看你的账户交易记录吗？”

“唉，真不想让别人看那种不堪入目的记录啊。但既然是刑警的要求，我也不能拒绝啊。”

真的是这样吗？濑口心想。看石丸说得情真意切，看来确实在FX上损失惨重。但仅凭这一点，还不能完全解释石丸那天的奇怪举动。

“那么，石丸先生，二号下午五点，你去被害者的公寓时，有没有发现什么奇怪的地方？”

“嗯……说起来，我在她家门前待了几分钟，一直按门铃，但没发现什么奇怪的地方。”

“那时，靠走廊一侧的窗户是关着的吗？”

“唉……关没关来着？要是开着的话，我应该可以从窗户叫她，所以应该是关着的吧。”

接着，加藤与濑口与西园寺沙也加的责任编辑井泽尚登约在了位于神保町的一家叫“Aming”的咖啡店见面。

女店员端来冰水，井泽点了混合咖啡，濑口和加藤也同样点了混合咖啡。井泽穿着深蓝色的西装和雪白的衬衫，还规矩地系了一条绿色的领带。

“百忙之中打扰了，实在抱歉。”

濑口说着，和加藤一起低头致歉。

“我只有四十分钟，之后必须回公司。我们尽快吧。”

说到漫画编辑，给人感觉应该是平易近人的，井泽却是一个与塑料黑框眼镜非常相称的人，看起来一本正经，不如说更像是老字号百货商场里的促销员，你都能想到他满面笑容地向无所事事的阔太太兜售高级商品的样子。

女店员送来了三杯咖啡。

“记得你的年龄是……”

“三十七岁。”

他白发很多，与实际年龄不太相符。

“你是单身吗？”濑口看了一眼井泽的左手无名指，问道。

“是的。”

“这么帅气的人，应该很受女性欢迎啊。有结婚的打算吗？”

“抱歉，这个和此次的案件有什么关系吗？”

井泽用右手扶了扶黑框眼镜，脸上毫无笑意地问道。

濑口感觉到了对方的敌意，像在警告他不要随便踏入私人领域。原以为井泽是个待人和气的好青年，出乎意料的是竟是个有脾气的人。再迂回地问他一些关于男女问题，搞不好会被要求出示搜查证。

“啊不，跟案件没有直接的关系……”

“唉，我近期内没有结婚的打算。刑警先生，接下来还想问什么呢？”

井泽说着，露骨地看向手表。

“那个……井泽先生，我记得你在案发第二天，也就是十二月二日的下午两点，造访了那栋公寓。”

濑口故意拖长语尾，翻着笔记本说道。

“对，没错。”

“请描述一下那时的状况。”

“就像我之前所说，我下午两点去了西园寺老师的公寓。先在大门处呼叫一〇〇五号房，但无人应答，于是我转而呼叫了一〇三号房间。”

“一〇三号房间是被害者与她妹妹西山瑠加两人合租的工作室，对吧？”

“是的。瑠加在一〇三，我就先去找了她。我在那个房间与瑠加开了一个简单的工作会议，然后我又去了一趟一〇〇五号房，这次试着按了按门铃，但依旧无人应答。于是我就回去了。”

“你按了多少次门铃？”

“三次左右吧。还敲了门，但都没人应答，最后我就回公司了。”

“那时被害者已经死亡了，对吧？”

“应该是。”

井泽语气生硬地说着，喝了一口咖啡。

“你是因为什么事去找被害人的？”

“其实工作上需要和她讨论的事像山一样多。不过，那天我最主要的目的，是和她讨论一下接下来要出版的单行本的装帧，计划将在下下个月推出最新的单行本。”

“原来如此。”

濑口没有追问，却看着井泽，审视的眼神略显锐利。井泽被看得有些不舒服，视线又落到了手表上。

一时众人陷入沉默，濑口注意到店内正在播放古老的经典爵士曲目，还隐约能听到其他桌上的客人的聊天声。

“唉……实际上是因为分镜的截止期已过，我想去问问她的情况。”

不知是不是因为难以忍耐沉默，井泽开口说道。

“哦？分镜的截止期？”

“是的。不知是不是因为太忙，那段时间西园寺老师经常拖稿。从我作为编辑的角度来看，说实话，我真的希望她别再发展艺人事业了，应该专心画漫画。”

井泽说着又拿起白色马克杯，喝了一口咖啡。端正的五官稍稍有些扭曲。

“井泽先生，你在尸体被发现之前的三号傍晚，也曾去过那栋公寓，对吧？”加藤看着笔记本问道。

“是的。那时我就觉得分镜会拖期，给她打了很多次电话，但她都没接，我很担心，就直接去她的公寓了。但在门口呼叫了很多次都没人应答，我就走了。”

“可是井泽先生，你那天是不是还去了对面的公寓？”

这次换做濑口一边仔细观察着井泽的表情一边问道。

之前警方在案发周围查访，得知三号傍晚有人看到有可疑男子出现在犯罪现场对面的公寓，还有人反映那个男人曾看向被害者的房间这边。不过那时距离死亡推测时间已经过去了两天之久，所以搜查本部并没有太重视这一发现。从证人对那个男人的穿着和长相的描述来看，濑口推测那人可能就是眼前的井泽。

“是的，我去了。”

听到他干脆地承认，濑口有些惊讶。

“是为什么呢？”

“因为我想看看老师房间里的情况。给她打了很多次电话她都不接，都来到家门口了却无人应答。如果是她装作不在家，那倒没什么，但我当时预想到了最坏的情况。”

“最坏的情况？你是指她死了？”

“不不，啊，那确实是最坏的情况，但我当时设想的最坏，是她有可能逃跑。”

“逃跑？”

“漫画家在截止日期逼近时会因为忍受不住压力而逃跑，这是常有的事。我当时想到的是，西园寺沙也加老师，确切来说是西山沙绫，最近正苦于诡计的设计，情绪上相当不稳定。所以……”

“你猜她有可能逃跑了。”

“对。”

“然后呢？你从对面公寓看见了什么吗？”

“没有，没看到什么特别的。只是，如果老师正坐在桌前工作，从那个地方应该能看到，所以我知道她那时并没有在工作。”

“那时你对之后的事是怎么打算的？如果她没能想出诡计，过了分镜的截稿期，你应该很不好办吧？”

井泽的神态虽无异常，但那过于冷静的口气令濑口感到一丝奇怪。

“确实，而且那几天我连续打了很多次电话，都没人接，去她家找也没见到她，我有些担心。但西园寺沙也加是个特殊的漫画家，因为还有能够作画的瑠加，所以我判断，即使是最坏的情况，也不至于交不上原稿。再加上我猜她绝不会缺席电台的直播节目，所以那时我觉得如果实在不行，去电台把老师抓住就可以了。”

“原来如此，毕竟直播节目必须本人到场。不过，西园寺老师过去做过类似逃跑的事吗？”

“倒是没有过这类先例。但那段时间西园寺老师真的非常抑郁，似乎陷入了严重的低谷期，好像有什么烦恼，让她无法集中精力工作。”

井泽说完，将咖啡杯端到嘴边。濑口也喝了一口杯中黑色的液体，觉得有些煮过头了，不太好喝。

“说起来，案发时，西园寺沙也加正在连载的作品只有你负责的那一部，对吧？听说是累计销量达到一千万本的超级畅销作。”

“是的，已经持续连载了十年。最近她的人气越来越旺，想必所有出版社都渴望得到西园寺沙也加的作品。西园寺老师的作品可能拯救一整本杂志的销量，极端点说，可能关系到一家公司的经营。”

或许是因为表现形式过于猎奇，西园寺沙也加基本上没在大型出版社连载过。相应地，对于不能算大公司的井泽所在的出版社而言，凭借西园寺沙也加赚到的销售额，想必占总销售额相当大的比重。

“那为什么只有你们出版社在连载她的作品呢？”

“我们从她还是新人的时候就与她有合作了。不久之前，西园寺老师还是我们的专属作者呢。”

“这样啊。话说回来，你和西园寺老师是从什么时候开始合作的呢？”

“从老师带着原稿到我们编辑部的时候开始。那次是我负责接待的，说起来是大约十五年前的事了。不过，那时我并没有发现老师的才能，真正和她一起工作，是从接手了现在的连载开始，大概是七年前。”

“看起来你们是老朋友了，是因为这样，她才只在你们出版社连载作品吗？”

“有这部分原因。另外，只有我知道西山瑠加的存在，这点应该也是重要原因。我也曾长时间蒙在鼓里，其他出版社的编辑估计现在都还不知道瑠加的存在。”

“那你是怎么知道有瑠加小姐的存在的？”

“因为看西园寺老师的漫画时，我总有一丝违和感。”

“违和感？”

“我是个酷爱推理小说的人，与作者开会时，我会深究诡计的细节部分，进行讨论。”

“嗯。”

“然而，有几次开会时我发现，明明是想出了那么巧妙的诡计的西园寺老师，却对经典诡计一无所知。而且明明是自己想出的诡计，有时她却好像没有完全理解其中的意思，还会意识不到一些显而易见的漏洞，这些都让我惊讶不已。”

濑口沉默地缓缓点头，把咖啡杯端到嘴边。

“于是我开始怀疑，西园寺老师画出来的那些诡计，搞不好其实出自他人之手。后来有一天，我向沙也加老师追问这件事，终于得知了瑠加的存在。”

“居然是这样。所以，即使西山沙绫去世了，今后《名侦探西园寺沙也加事件簿》也还是会由妹妹瑠加继续连载下去的，对吧？”

“是的。虽然这么说有些不妥，但沙也加老师在密室里被杀这件事带来了轰动效应，产生的巨大话题使销量翻了几番。其实在绘画方面，瑠加的画技比姐姐更出色，从这点来看，作品的质量可能反而比从前更好了。不知道这起案件的读者恐怕都不会发现西园寺沙也加老师已死的事实。”

“的确，妹妹西山瑠加从很早以前就在帮忙，作画上应该没什么问题。但故事方面，现在是由谁在构思呢？”

“也是妹妹瑠加。瑠加也很擅长构思诡计，这点也不是问题。啊，虽然我能力有限，但身为责任编辑，也会帮忙的。”

“这么说来，瑠加小姐在作画和构思故事这两方面都很有才能。”

“是这样的。”

“那么自然，像是密室之类的诡计，她也知道很多吧？”

井泽下意识地点了点头，瞟了一眼手表，然后表示他必须要回公司了。

“手塚先生，你是怎么和西园寺沙也加，也就是被害者西山沙绫认识的呢？”

濑口和加藤也对西园寺沙也加的顾问律师手塚雄太郎进行了问询。不过他们并不认为手塚可能是凶手，只是认为也许能通过他更多地了解被害人，从中找到解决案件的线索。

两人被带到了小小的会客区，在这个狭窄的空间里杂乱地堆放着推理小说、漫画、铁道模型和手办。濑口把椅子上不知为何物的奇怪玩具移开，坐了上去。

“记得是在这栋大楼一层的烤鸡串店。”

手塚的律师事务所位于神田的一栋复合式大楼里，一层是一家烤鸡串店，据说西山沙绫经常光顾那家店，《推理之夜》的酒会也曾在那里举办。

“你也经常光顾楼下那家店吗？”

“没有她那么频繁，但每月会去一次。有一次，我在那里偶然遇到了正和编辑一起喝酒的西园寺沙也加。我是个推理小说迷，所以立刻去找她要了签名。然后我们就针对推理的话题展开了热烈的讨论，最终，她居然让我担任她的顾问律师。”

这时，一位留着蓬松卷发的美女端上了茶水，说着“请用茶”。濑口笑着道了谢。这位女性给人可爱又有几分艳丽的感觉，和这杂乱的空间有些不太相称。

“这位是你的秘书吗？”加藤小声问手塚。

“怎么可能，我这种穷苦律师可雇不起秘书。”

“不是你的秘书，那是？”

“加奈子是我的未婚妻。”

“未婚妻？”濑口和加藤都忍不住惊呼。这么古怪的律师，居然有这么漂亮的未婚妻，真令人惊讶。

“我和加奈子是在Facebook上认识的。”①

手塚小声说着，脸上堆满了笑容。

不知有没有听到这句话，名叫加奈子的卷发美女莞尔一

①两人相识的故事发生在《只是弄丢了手机而已》（新星出版社，2019.6）中。

笑，消失在了房间深处。

“手塚先生，作为西园寺沙也加的顾问律师，你平时都做些什么工作啊？”

“比如检查与出版社签订的合同之类的。不过，实际上这类工作只占很少一部分，她倒是经常向我咨询作品里有没有出现法律相关的错误。”

“哦？她经常向你咨询这类事吗？”

“有时会把分镜草图的原稿寄给我，让我确认。”

“你向她收钱吗？”

“沙也加想付钱的，但我觉得这是宝贵的经验，还要收钱的话实在过意不去，就拒绝了。另外，有时我想出好的诡计，也会把点子告诉沙也加。”

“等等，这也是作为顾问律师的工作之一吗？”加藤瞪圆眼睛问道。

“啊不，这纯粹是我的兴趣。说起来，我想出来的诡计真的用在过作品里哦。”

濑口和加藤互看了一眼。来之前二人还在想，这位律师会是个怎样的人物，没想到竟是一位相当狂热的推理小说爱好者。

“那么，请问，类似这次的密室诡计，被害者在生前有没有提到过？”

案件调查会陷入困境，全因为无法解开密室之谜。濑口不禁心中期待，或许能从这个奇特的律师这里得到线索。

“唔……可是，虽然本案中的密室常被媒体拿来报道，但作为普通人，我甚至不知道密室的详细构造啊。”

对啊，那要不要给他看内部结构图呢？濑口生出这个念头，但泄露如此重要的信息当然是不行的。

“不好意思，屋内结构图目前仍是保密资料。不过密室什么的，说起来复杂，实际上可能只是使用了简单的手法，比如第一发现人把钥匙放了回去之类的。”

“你的意思是，凶手可能是第一发现人？”

“不不，我只是打个比方。手塚先生，我们说说你负责管理的被害者的遗言 CD 吧，那份遗言是什么时候录下的呢？”

“大约一年前。我是在大约一年前从沙也加手上接过那张遗言 CD 的，但是，在案发三天前，我收到了一张新的 CD。”

“三天前？也就是说，内容换了？”

“不，后来我又听了一次，内容并没有什么变化。所以我觉得很不可思议，不知道她为什么特地在案发三天前又寄来一份。啊，非要说的话，新收到的版本里混入了一段意义不明的内容，仿佛是录音故障的噪音。”

“你有那张 CD 的拷贝吗？”

“她本人吩咐过我，开封之后绝对不允许制作拷贝，所以就只有我交给矢岛先生的那张原碟。”

如果可能，还想对那张 CD 进行一番调查。

“话说回来，你和矢岛先生之前见过面吗？”

“没有。把 CD 交给他时是初次见面。警方果然在怀疑矢岛先生吗？”

“调查情况我们不便透露。说起来，你最后一次见到被害者是什么时候？”

“嗯……是在大约两个月前，还是在楼下的烤鸡串店喝酒时碰巧遇到的。工作上我们基本都用短信联系，所以虽然我是她的顾问律师，但一年顶多只会有一次正式见面。”

“那么，你最后一次去案发的那间公寓是什么时候呢？”

“我从未去过那间公寓。谈工作的时候都是在这间事务所，或是楼下的烤鸡串店见面。”

手塚说完喝了一口纸杯里的茶。濑口也喝了一小口，眼睛仍盯着面前的律师，心想恐怕不会再问出什么了。

“那么最后，案发那天，也就是十二月一日晚上，你在哪里、做了什么呢？”

“是想问我的不在场证明，对吧？”

“嗯，是的。”

“真好，我一直很想被问这种问题。”手塚面露喜色地说道，“那时我正在青森旅行，第二天傍晚才回到东京。”

“有可以作证的人吗？”

“我是去青森恐山[①] 看巫女的。我一直很想目睹一次真正的巫女降灵的瞬间。然而随着日本高龄化严重，巫女也少了许多，居然要在网上提前预约，人数够了才能进行降灵仪式。要在网上预约巫女！这个世界真是变得没有梦想了。”见两位警察面露困惑，手塚摆了摆手，正色道，“所以，你们只要去询问我委托的降灵巫女，就可以确认我的不在场证明了。”

---

①恐山位于日本青森县，在本州最北端，是日本三大灵场之一。

第六章

“矢岛先生，是你杀人了吧？”

还没聊上几句，手塚雄太郎就这样问道。

矢岛接到这个奇怪娃娃脸律师的电话是在昨天。

“如果你被逮捕，能不能雇我当律师？”他还招揽起辩护工作来了。

虽然矢岛觉得跟这个怪人见面有些危险，但兼田的法律事务所收费太贵，光是咨询就花了一笔巨款。而且听说手塚也接受了警察的问询调查，所以矢岛想着这么一来也能了解一下情况。总之，最后他们约在电台附近的“夏目”咖啡店见面。

“是谁这么说的？”

“没有人明确这么说，不过警察似乎非常怀疑你哦，逮捕只是时间问题了吧。”

“已经到这种程度了啊……”矢岛叹着气说道。

“矢岛先生，请告诉我，你是怎么制造出那个密室的？”

说到这儿，身穿制服的女店员恰好端来了矢岛的热咖啡和手塚的冰可可，两人都沉默了片刻。

女店员离开后，矢岛小声说道：“我也搞不懂啊。案发当晚我确实去过沙也加家，但当时我醉得厉害，什么都不记得了。”

“不会吧？那也就是说，你不记得自己是怎么制造出密室的了？”

“话不能这么说啊，那个密室到底是不是我制造出来的还说不定呢。警察也问过我很多次，但我完全不记得那晚发生了什么了。”

“怎、怎么这样……”

手塚突然趴在桌上，大声哀号起来。

“啊，手塚先生。手塚先生？”

矢岛低头仔细一看，手塚哭了。这个男人怎么突然在这里哭了呢？

“手塚先生，手塚先生，请冷静一下。”

“这让我怎么冷静！”

手塚挥拳打向桌子，咖啡杯晃了晃，黑色的液体差点儿溢出来。

“没事吧？出什么事了吗？”

听到巨大的声响，女店员惊讶地跑了过来。

“啊，对不起，没事的。”

手塚赶忙道歉。

“手塚先生，莫非……你是非常想知道密室之谜，才哭的？”

矢岛想起来，眼前这个人是个狂热的推理迷。

“是啊！这可是已被视为灭绝的密室杀人事件，在时隔多年之后终于又在现实中出现了啊。怎么会有人不想知道谜底？”

“呃……”

“说到现实中的密室杀人，就必须说十九世纪初发生在巴黎的罗斯·德拉库尔案。这起密室杀人案被视为《莫格街凶杀案》的原型，案发后，古今中外的作家又在虚构作品中创造出了许多密室。我本以为今天能知道发生在现代日本的本格式密室杀人案——西园寺沙也加密室杀人案的解答呢……”

手塚说完，又仰头看着天花板，似乎在抑制泪水。远处的女店员一脸不可思议地偷看着他。

“手塚先生……请不要如此难过。”

“抱歉。我不常在人前流泪的，但这次关系到我最喜欢的密室。”

“呃……比起这个，咱们要不要谈谈为我辩护的事？”

“啊，对哦。刚才的消息实在太令人悲伤，害得我一不小心失去了理智。对不起，现在我已经没事了。吓到你了吧，真是不好意思。”手塚用手绢擦着眼泪说道，“唉，虚构作品中倒是有各种各样的密室，但现实中的密室杀人案，最终结果不外乎一氧化碳中毒或自杀之类，都是简单的手法。就比如说……”

接着，手塚说了一通小说中和现实中的密室杀人案，矢岛听得不耐烦，不禁在心里后悔，居然之前还会产生能不能依靠这个人的念头。

“不过好奇怪啊。”

恍惚间听到手塚说了这么一句。

“有什么不对劲的地方吗？”矢岛赶忙追问。

“你都喝得那么醉了，怎么还能制造出密室呢？”

“唉，那密室不一定是我制造的啊。不过喝醉了什么都不记得了确实是个麻烦，也导致警方现在这么怀疑我……”

“你喝醉后是什么类型的？会变得爱哭，还是会突然撒酒疯之类的？”

“倒不至于撒酒疯，但是会比较吵闹。嗯，应该算是会兴高采烈地大吵大闹的类型。”

“兴高采烈地吵闹……然后开始制造密室。矢岛先生，下次请一定和我喝一次酒，好吗？”

“不不，我可没有一喝醉就制造密室的爱好。我现在真的很困扰，不知如何洗清自己身上的嫌疑啊。”矢岛无奈地感叹道。

“其实，只要解开了密室之谜，可能就会有新的嫌疑人了，不是吗？”手塚咕哝着。

“是吗？”

“想杀人的话，谁都能杀，但能制造出这么难解的密室的人，是很罕见的。那么，只要解开密室之谜，也许就会浮现出新的线索，从而锁定新的嫌疑人。你能不能多告诉我一些相关信息？”

于是，矢岛把杀人现场的情况，公寓内部的结构，从凶器领带上检出了他的DNA，以及警察曾经要求他在笔录上签字，笔录中隐晦地表达了很有可能是自己在酒醉后杀了人的事，等等，都对手塚进行了说明。

“矢岛先生，今天你选择与我见面，搞不好是一件非常幸运的事。”

“为什么？”

“日本有的是律师，然而民事案件和刑事案件的处理方式可是截然不同的。”

“民事和刑事？我这次的情况算是刑事案件吧？”

“对，没错，但打官司时，民事案件比刑事案件赚到的钱要多得多。不过，擅长民事案件的律师虽然会收取高额辩护费，但在刑事案件上却不一定擅长。”

矢岛想起了兼田。

“还有很多律师完全没有处理刑事案件的经验。”

“你呢？民事案件和刑事案件，你更擅长哪种？”

“先不说擅长，我就不太喜欢民事案件。”

“不喜欢？”

“嗯，感觉民事案件比较无聊，或者说比较小家子气。”

“什么意思？”

“唉，民事案件争论的焦点都是能拿多少抚恤金，或是少付多少赔偿费、损失费之类的。说白了，就是商议金钱的官司。从一开始就定了结论，问题只是商定金额而已。而律师就是从多拿的抚恤金或少付的赔偿费里取一部分分成。”

“原来是这样啊。”

“然而，刑事案件就会涉及判刑、缓刑等问题。同样是判刑，也要分减几年刑的情况。有时原本感觉肯定会判有罪的案件还会突然变为无罪。总之，是非常具有戏剧性的。”

“这么看来，你已经处理过很多起刑事案件了吧？”

“没有，数量上倒是没有很多。”

“虽然数量不多，但取得过很厉害的成绩？”

“没有，也没有什么成绩。”

手塚说罢，喝起眼前的冰可可。

矢岛突然感到不安。果然，想依靠眼前这个人的想法是一个错误，而且是这个人亲自打电话来推销自己的，其实他只是手头没有工作可做，才这么热心的吧？

手塚却完全没察觉矢岛此时的想法，一脸享受地喝着冰可可。

“不过，对于感兴趣的刑事案件，我是会不计较得失，全心投入于辩护工作的。矢岛先生，请在被逮捕前，让我做你的律师吧。”

在被逮捕前？这说法让矢岛又一阵不快。还是别找这种律师为好，矢岛已在心中决定要郑重地回绝他。

“我会考虑你的提议的，但目前我还不至于被逮捕吧……”

“我觉得还是事先准备一下比较好，因为要是突然被捕，日本是有国家为嫌疑人选定律师的制度的，但若嫌疑人提前选定律师，就能要求在接受问询前先见律师，避免警方不当逼供，掌握审讯的主导权。”

这句话令矢岛感到不安。

“如果是性骚扰或较轻的犯罪，即使被逮捕，也有延期起诉的可能，但像你这种杀人案件，除非是嫌疑不充分或无嫌疑等能证明你真的不是凶手的情况，否则就不可能不被起诉。”

“也就是说，只要被逮捕，就会被起诉？”

“那是自然，警察们也要顾及自己的威信。把人逮捕却没有起诉，会引发相当大的信任危机，搞不好所辖警署的署长都会丢掉饭碗。所以，请做好他们会对你进行彻底调查的准备。”

如果被彻底调查，矢岛想着，搞不好自己就会主动认罪了。

“手塚先生，如果喝醉后杀了人，即使没有记忆，也会被判为杀人罪吗？”

“你问的是刑法第三十九条，对神志不清者的违法行为不予处罚那条，对吧？可是，要想证明嫌疑人是真的没有记忆或没有杀意是很困难的，所以不会那么轻易就减刑。”

“也就是说，如果他们判定我是在说谎，我就完了。”

“是的。不过请放心，我知道你绝对不是凶手。”

“咦？为什么你这么肯定？就连身为当事人的我，被问到那天晚上的事时都说不清楚，反而觉得搞不好自己就是凶手。”

“很简单啊，因为你造不出来密室嘛。这就是最重要的证据。如果让我来为你辩护，我一定能证明你是无罪的。输了的话，报酬自然不会收，连预付金我都不要。”

“真的吗？”

“当然了。”

律师费这点很让矢岛动心，另外，手塚相信自己是无罪的，这一点也令矢岛开心。警察自不用说，就连有点交情的律师兼田都不相信自己的清白，然而这个奇特的律师却完全相信。虽然理由仅仅是因为矢岛无法做出密室，但即便如此，也让矢岛高兴得快要流出眼泪。

“不过，还不确定你会不会被逮捕呢，对吧？我会去调查一下，如果找到其他嫌疑人，会再和你联系。”

“拜托你了。”

“那个，矢岛先生，我可以提一个请求吗？”

手塚一脸认真地询问矢岛。

“什么请求？”

“我能再点一杯冰可可吗？实在是太好喝了。”

那天，濑口和加藤又花了一整天对相关人员进行调查问询。

下午三点多，二人来到“秋叶原之家公寓”一层的一〇三号，也就是妹妹西山瑠加的工作室。

在花朵图案的沙发上坐下后，瑠加又轻轻放下盛有热咖啡的白色马克杯。

“不必客气。”濑口一边道谢，一边环视屋内。墙边立着两个巨大的书柜，上边摆满了书和漫画。从书脊上的书名来看，几乎全都是推理小说。房间里打扫得很整洁，可爱的女性化家具和文具很引人注目。除此之外，桌上还放着姐姐西山沙绫家也有的电脑和用于作画的液晶数码板。

瑠加涂着润泽的粉色口红，濑口觉得比起上次见面，她似乎更加艳丽了。不知是因为自己作为一名漫画家的存在终于为人所知，还是因为坠入了爱河，大小姐风格的浅茶色连衣裙和她清秀的脸庞十分相称。

瑠加开始敲起桌上的电脑键盘，电脑屏幕上显示出这样几行字：

有什么想问的请尽管提，虽然我无法出声说话，但耳朵拥有正常的听力功能。我会通过这台电脑回答你的提问。

“拜托了。”濑口说道。

接着她又开始打字。

我可以坐到你们旁边吗?

“当然可以。”濑口回答。

于是加藤稍微挪动了一下，最终三人挤在了沙发上，濑口坐中间，加藤坐右边，瑠加坐左边。空间稍显狭小，瑠加的右臂紧贴着濑口，一股不知是洗发水还是香水的女性香气挑逗着濑口。濑口这才突然意识到自己正身处年轻女性的房间，急忙提醒自己不要让内心的悸动表现在脸上。

“十二月二日你来过这栋公寓，请把那天发生的事再讲述一遍。”

虽然是在死亡推定时间之后，但瑠加也曾来过这栋公寓楼。而且与石丸和井泽不同，她拥有一〇三号房的钥匙，只要在大门插进那把钥匙，就可以进入。

瑠加立刻敲击电脑键盘，白皙纤细的手指以濑口和加藤平日打字速度的几倍速上下活动。

我是下午一点来的，直接进了这个房间。工作积压了很多，我那天一直在这里工作，直到下午六点左右回了家。回去时我想和姐姐打声招呼，便去了一〇〇五号房，但按了几次门铃都没人应答，我就直接回去了。

“瑠加小姐，你没有一〇〇五号房的钥匙，对吧？”

是的。我和姐姐各有一把这间房的钥匙，但一〇〇五号房关系到姐姐的隐私，她就没把钥匙给我。

“十二月三日你也来过这间公寓，请问那天你做了些什么呢？”

我把下期要发行的单行本进行了一些修改。连载的作品则要等姐姐的工作做完后，我才能开始，所以我一直在等姐姐的联络，但发了几次短信她都没回，我还觉得有些奇怪。但做梦都没想到竟会发生这种事。

瑠加那白皙的手指在键盘上起舞，发出微小的声音。濑口的手指很粗壮，而瑠加的手指却纤细美丽。

“你再一次来到这间公寓是在什么时候？”

十二月四日，姐姐的尸体被发现的第二天。

到这里为止，都是警方在之前的调查中已经掌握的情报。

应该再以何种方式、提出什么问题呢？濑口思考着，喝了一口咖啡，入口却品尝到意料之外的香料味。

这是肉桂咖啡。

濑口把鼻子凑近杯子，确实闻到了一股清爽的肉桂味。

我有在咖啡里加少许肉桂的习惯。我很喜欢这样喝，但是不是不合你的口味？

敲完这句话，瑠加一脸担心地看向濑口。

“没有，非常好喝。是吧，加藤？”

加藤也表示赞同。“居然还有这样的咖啡，我之前只是听说过，都不知道这么好喝。”

那真是太好了。

看着瑠加美丽的笑脸，濑口在一瞬间感到有些心动。如果这不是在调查问询，搞不好他就要误会了。

“令姐逝世后，想必你的漫画创作工作应该很辛苦，那么，现在像是想诡计之类的事，是谁在负责呢？”

我和编辑井泽。

“从专业推理作家的角度，你怎么看这次的密室案件？”

说到底，这真的是一起密室杀人事件吗？

“为什么会这么想？”

虽然大家都说是密室杀人，但我不认为凶手真的使用了小说或漫画中的手法。也许只是拿了管理员那里的万能钥匙，出来后锁上了门。

“你知道有谁可以做到这样的事吗？”

没有。我只是觉得从现实角度来看，这种方法更自然。

因为她是推理作家，濑口本来还期待她会有什么发现。然而，果然，想要用诡计把那个房间变为密室状态，并不是一件容易的事。

“你把这里作为工作室，那你是否知道公寓住户中还有谁和令姐相熟吗？”

瑠加微微歪头思考了片刻。

想不出什么特别的人，也没从姐姐那里听到过相关的事。这栋公寓有管理工会，但我和姐姐一直对这类组织敬而远之，所以……而且，这栋公寓的住户大多是单身人士，都很少和邻居来往。

“那么，对于可能有杀死令姐的动机的人，你就更不清楚了吧？”

瑠加那白皙手指停在了半空，似乎想写下些什么，但又陷入了犹豫。

“你想到什么了吗？”

如果真的是采取了某种诡计，搞不好还有一种可能，就是我姐姐是自杀的，密室是她自己造出来的。

看着屏幕上的这段文字，濑口不由得坐直身子，看向瑠加。

“你觉得令姐有自杀的动机吗？”

实际上，姐姐去世的几天前，似乎就在为什么事深深烦恼。

濑口记起编辑井泽也说过这样的话。

“是因为陷入了严重的瓶颈期吗？”

这我就不清楚了，可能是，也有可能不是。

“而你觉得令姐可能是因为某种烦恼而自杀的？”

我认为不能排除这种可能性。另外，在电台公布的那段遗言录音，我觉得完成度实在是太高了。姐姐一直是那种只要持有某种强烈的想法，就可能会分不清现实与空想的差别的人。例如她还是小学生时，曾经杀死了我们家饲养的宠物仓鼠。

濑口感到背后一凉。

我当时非常疼爱那只仓鼠，所以那次我实在忍无可忍，哭着质问姐姐，父母也站在我这边，斥责了姐姐。然而姐姐一直坚持些莫名其妙的主张，直到最后也没有道歉。

“哭着质问？不好意思，请问那时你……”

是的，那时我还没有患上失语症。所以那时我和姐姐扭打成一团。

“啊，原来是这样。”

濑口一直想当然地以为眼前这位美女是患有先天性发声障碍。

“能否告诉我们你是从什么时候开始患病的吗？”

我是在十六岁的时候患上失语症的，准确来说是心因性失声。原因是和双亲去北海道旅行时遭遇了交通事故。

“而你父母就是在那时去世的，对吧？”

是的。我受了重伤，据说能救回来都是奇迹。

濑口瞥了一眼瑠加。身旁这位美女看起来清秀又健康，看不出曾受过什么重伤。

肉体上受到的伤害再严重，也比不过一下子失去挚爱的双亲，使我精神上受到的打击。这次连姐姐也去世了，终于只剩下了我一个人。

长长的黑发遮住了瑠加的侧脸，濑口看不到她现在是什么表情。

“我们发自内心地致以诚挚的悼念。”

一阵短暂的沉默之后，瑠加的手指又开始敲击键盘。

如果查不到凶手是谁，我觉得警方也可以探讨一下自杀的可能性。

“目前警方认为令姐是自杀的可能性很低。令姐是被人用一条黄色的领带勒死的。”

是吗？但如果是姐姐，也许能想到伪装成他杀的自杀手法。

“什么手法？”

调查过程中濑口也曾多次想到这一点。然而那种事真的能做到吗？如果真的存在那种手法，恐怕比密室之谜更难解吧。起码在警方科学、合理的调查范围内，还无法得出西山沙绫是自杀的结论。

嗯，至于是什么手法……我就不知道了。不过，姐姐和我不同，她是个天才，所以或许能想出方法。

“天才？可据编辑井泽先生说，在绘画技巧和思考诡计上，都是你更擅长啊？”

在绘画方面，的确可能是我画得更好，但在手法方面，我只是擅长将已有的手法进行改编而已。在创造出富有原创性的、能使人为之震惊的手法上，我还是比不上姐姐。

濑口又喝了一口肉桂咖啡，心想，井泽和瑠加的话之间为什么会有微妙的出入呢？

“话说回来，对于你来说，令姐是个怎样的人呢？两位从小就关系很好吗？”

> 我小时候非常讨厌姐姐。姐姐也应该很讨厌我。

“哦？这又是为什么呢？”

> 姐姐从小就很叛逆，总会做一些古怪的行动，所以老实说，我们的父母不知道该如何对待她。被学校叫家长是常有的事，有时她甚至会离家出走。毕竟是天才，可能是还小的时候，就觉得常规学校和家庭无法容纳下她了吧。

濑口回想起案发之后读到的西园寺沙也加的作品。确实，能画出那么令人不适的漫画，她应该从小就是一个拥有异于常人的感性的人。

> 看着那样的姐姐的我则相反，我非常听父母的话，父母也对我十分溺爱。我猜姐姐正是因为看到我左右逢源，才会对我越来越反感。杀死仓鼠，想必也是为了从

我手中夺取心爱之物。事到如今我才能把这个想法说出口，我觉得我和姐姐从小开始，就在针对各种各样的东西展开竞争。

“嗯，有可能。”

据说同性的兄弟姐妹之间的关系分两种，不是极端融洽，就是极端恶劣。濑口有一个相差三岁的哥哥，所以对瑠加的想法坦率地予以了认同。

是啊。然而，就在我们那样做时，最爱的父母却因事故去世，我自己也失去了声音。那之后，姐姐就像突然变了一个人一般，对我十分温柔。

“这样啊……”

在我失去声音之后，姐姐成了我心灵的窗户。姐姐总是知道我想说什么、想做什么。而且，把闭门不出、只顾着读书和看漫画的我带到外面的世界的，也是姐姐。

瑠加敲完键盘后喝了一口咖啡。

“说起来，稿费和版税你和令姐是对半分吗？”

不是。钱都由姐姐管理。我只收取一笔助手费，生活上不至于困窘。事实上，我也在考虑将来的事，也曾提出希望能多分一些钱，然而姐姐说我不谙世事，持有巨款会有危险，就并没有给过我大笔的现金。不过姐姐似乎把一部分钱存到了我名下的账户，但由她来管理。

“合同条款是怎么定的？有没有如果漫画畅销，会将部分版税支付给你之类的约定？”

没有。现在我正在与井泽商讨，把所有的权利都改到我的名下。

那会是多大的一笔财富啊。

既没有父母也没有孩子的西山沙绫的财产，将全部由妹妹瑠加继承。眼前这名美女，在一夜之间便成了惊人的亿万富翁。

“在你看来，有没有很羡慕在电视和电台上活跃的姐姐的时候呢？我的意思是，你有没有产生过明明漫画家西园寺沙也加是个二人组合，好处却都被姐姐占走，自己只能独自低调而无聊地画漫画之类的想法？”

完全没有。说到底，我身有残疾，所以并不想出现在媒体前。而且对我来说，画漫画就是人生最大的乐趣，再加上有很多人喜欢读我的作品，没有比这更幸福的事了。

“抱歉，在你百忙之中打扰。”

最后，濑口和加藤来到了位于“秋叶原之家公寓”一楼的管理员值班室，穿着深蓝色制服的管理员森健一郎出来迎接。管理员室内共有三个显示屏，分别映出一层大门、安全梯和地下二层停车场里的情形。旁边还有一台小型电视，再旁边是一台黑色收音机。

“没有、没有，反正我也很闲。请进、请进，快请坐。”

森让两人坐在绿色圆凳上，随即匆忙站起身，走进里屋。

“我给二位泡茶，请稍等一下。”

“没事、没事，不用费心。”

森的身影消失在里屋后不久，传来了用水壶倒热水的声音。濑口和加藤打量了一番屋内，没多久，端着放有三个咖啡杯的托盘的森又出现了。森把两个杯子放在濑口和加藤面前的灰色桌子上，自己拿着第三个杯子坐了下来。

“不好意思，是速溶咖啡。”

“非常感谢。”

“怎么样了？凶手差不多有着落了吗？”

森以一副兴致勃勃的表情问道。毕竟是在自己管理的公寓里发生的案件，再加上他是尸体的第一发现人，自然对搜查的进展颇为关注。

“啊，调查情况尚不便透露。不好意思，今天有两三个问题想问你。”濑口打开黑色笔记本，说道。

“请、请，问什么都行。”

森不停地点头，即使濑口不想，也还是注意到了他头顶毛发稀疏的部分露出的头皮。森明年就七十岁了，这份公寓管理员的工作对他来说渐渐变得吃力，他本打算借七十岁生日的机会退休。

“森先生，你是如何保管各个房间的备用钥匙的呢，就放在这间管理员室吗？”

听到濑口的问题后森站起身，指了指一个放在高处的柜子，可以看到上面挂着一把大锁。

“就放在那儿。那里面放着各个房间的备用钥匙。那把大锁的钥匙平时我都会拴在腰带上随身携带。你们要看看吗？”

“麻烦了。”

森闻言站起身，把椅子挪过去，脱下鞋站到椅子上，打开了柜子的锁。

随后换濑口站到椅子上，看向柜子里，果然，一排备用钥匙整齐地排开。濑口仔细地检查了一遍柜子四周，发现没有破损痕迹，柜门上的锁也非常牢固。随后加藤也对柜子进行了检查，但也没有发现什么异常之处。

“这样来看，似乎不太可能有人把钥匙偷拿出去。”

“是的。而且即使有人打开了柜子，也没那么容易分辨出哪把钥匙是哪个房间的。恐怕只有我们这些管理员能看出区别。”

这栋公寓共有四名管理员，以交替换班的形式进行二十四小时的管理。除了案发当天值夜班的森以外，其他人都已确认有不在场证明，且不曾与被害者有过什么接触。

三人回到座位后，森喝了一口咖啡。濑口和加藤面前的咖啡都还维持着原样没动，冒着白汽。

“森先生，接下来我想问一下你在三号深夜发现尸体时的情况。矢岛先生当时去卧室看了一眼，对吧？”

“嗯，但只是看了一眼。”

“进屋以后的事，你能再详细说说吗？”

“好的。当时矢岛先生没有立即跟上来，我就回头看了看，看到他探进半个身子到卧室里，也许是想确认一下沙也加小姐在不在那里。不过他只看了一眼，便立即跟在我后面，来到了尸体所在的客厅。”

如果是矢岛在探身入卧室时把钥匙放了过去，那么案件就可以解决了。那样一来，这起案件就是一起单纯的杀人案，根本不是什么密室杀人。然而，矢岛坚决否认自己是真凶。

“请再向我们说明一下一号晚上的事。那天，矢岛先生离开之后，也是你当班吧？”

“是的。我们这里有规定，管理员要彻夜保持清醒状态，所以我那时正在这里看电视。凌晨一点和三点要进行巡逻，只有这两段时间我离开这里，从地下停车场到十层巡视了一圈。”

如果矢岛不是凶手，那么那晚出现在公寓，并能打开门锁的人，就只有森一人。从时间和可行性角度，森都具有杀人的能力。只要找个像样的理由，即使在深夜突然造访，想必沙也加也会把他让进门。而且，他可以在勒死被害人之后用备用钥匙上锁，这样就可以搞定一切。

“巡逻时你走到一〇〇五号房门口了吗？”

“没走到门口。每次巡逻都是看看走廊上没什么异常，我就不会再往里走了。”

这位老年管理员身上确实没有什么奇怪的地方。若非要说哪里可疑，也就是他在供述时没有一丝犹豫。这种情况也可能出现在事先就把回答的内容准备好了的证人身上。

“也就是说，那天晚上没有发生什么异常情况，对吧？”

“是的。深夜里顶多也就是偶尔能听到大卡车开过的声音，除此之外一片安静。”

如果矢岛不是凶手，那么凶手就是在矢岛离开公寓、到翌日凌晨三点期间下的手。森丝毫没想到自己竟被列为怀疑对象，眯起眼睛一脸享受地喝着咖啡。

对于眼前这个老人，濑口还好奇一点。

“我想问一件比较私人的事，你孙女在大约一年前被卷入了一桩不幸的事件，对吧？”

眯着眼的森脸上立即笼罩上一层阴影。

“你是说……”

“你孙女被卷入了一起监禁事件。”

森眨了眨眼，手开始颤抖，咖啡杯晃动着，溢出的黑色液体打湿了脚边。

“一年前，足立市发生了一起幼儿监禁事件。一名十九岁的学生诱拐了一名四岁女孩，并将其监禁了两周。而那名四岁女孩，就是你孙女，对吧？”

“你、你知道这件事啊。唉，毕竟你们是警察，知道也是自然的……我连想都不愿回想那件事。”

“最终你的孙女平安无事地回来了，且并未对外透露其姓名。罪犯也因是未成年人而没有公开真实姓名。听说女孩身上没有明显的外伤，那两周内到底发生了什么，可能没人知道，但似乎大概能猜到。”

“请别再说了。我们一家人都在试图忘记这件事。幸好当时我孙女只有四岁，可能已经把整件事都忘了。后来她被警察保护之后我们一度很担心，但现在她长成了一个开朗的孩子。”

森把杯子放在桌子上，眼神冷酷。

濑口继续道：“那段时间发生了很多起少女遭到监禁的事件，抓到的罪犯全是色情和猎奇漫画的爱好者，警方在他们的住处搜到了大量相关作品。以此为契机，部分国会议员提出，应关注一下儿童色情和青少年漫画中的过激表现。”

森不发一语，房间里只有墙上钟表的嘀嗒声。

“话说回来，森先生，那个十九岁的学生也是西园寺沙也加的狂热粉丝，这点你是知道的吧？”

“我听说过西园寺沙也加这个名字，也曾在书店看到过她的漫画，说实话，里面的内容让我感到非常不适。不过在这件事发生之前，我并不知道住在这里的西山沙绫小姐，就是漫画家西园寺沙也加。”森微微垂下眼，缓缓说道。

“你是什么时候知道她是漫画家西园寺沙也加的？”

“矢岛先生第一次来访的时候。那时我得知自己管理的公寓里竟住着电台主播，于是，晚上没什么事做，还必须保持清醒时，我就自然而然地去听了听。结果从收音机里传出了西山沙绫小姐的声音，竟然还称自己是西园寺沙也加。我这才知道是怎么回事。”

“你没想过对西园寺沙也加进行复仇吗？”

“复仇？为、为什么？”森瞪大眼睛说道。

“把你的孙女监禁了长达两周的罪犯，是在看了西园寺沙也加的漫画之后产生犯罪的念头的。如果她没画那种漫画，你的孙女也就不会被卷入那起不幸的事件了。”

“不、不，这么想可就搞错对象了。对于那名罪犯，即使现在，我也恨他到想把他杀掉的程度。但那和漫画是两回事。”

真的吗？濑口注视着森，发现他的面部肌肉有不易察觉的抽动。

“你是在孙女被监禁之后才申请调到这栋公寓做管理员的，对吧？”

“是的，没错。”

“你是不是因为知道西园寺沙也加就住在这栋公寓，才提出要来这里工作的？”

职业的关系，不管面对多么平易近人的人，濑口都能怀疑到底。他故意提出刁难人的问题，观察森的反应。

“我想来这儿，纯粹只是因为来这栋公寓上班更方便……刑警先生，该、该不会，你在怀疑我是凶手吧？”

这个时候就该再往前推一把。

“根据法医鉴定，西山沙绫被杀害的时间是十二月一日晚七点到翌日的凌晨三点。如果矢岛先生不是凶手，那么凶手下手的时间就是矢岛先生离开的晚上十一点二十五分，到第二天凌晨三点之间。而在这段时间内，能接近那个房间的，就只有公寓里的住户和你了。再加上被害者在深夜竟毫不怀疑地让来人进门，这样的人可没几个。但你是管理员，甚至可以用备用钥匙直接打开房门。虽然你予以否定，但也不是完全没有杀害被害者的动机。”

“怎么会？我……”

森不停地眨着眼，右眼下方的肌肉剧烈抽搐。面对突如其来的杀人指控，他明显非常震惊。

但这一切会不会都是演出来的呢？

“我、我没有杀人。”

森脸色苍白，膝盖也在微微颤抖，他双眼含泪，求助般地直直看向濑口。

“请你相信我，我不会做出那种伤天害理的事的。”

濑口却保持着沉默，看着森。

“真的。我只是那晚正好值班而已。刑警先生，请你相信我，我不是什么凶手。”

森双手合十，恳求濑口。

“森先生，你能证明自己不是凶手吗？”

听到濑口这句话，森呆呆地半张着嘴。从间接证据来看，森和矢岛的嫌疑程度差不多，不，和矢岛相比，眼前这位老人的犯罪动机更充分，或许该说他的嫌疑更重。

“我做不到。”

若把森逮捕并发动强势猛攻，他应该就会轻易招供。

但就算急于破案，濑口也不会选择这条路，他可不想为了解决案件而制造冤案。

“我们警方，其实并不觉得你是凶手。我只是说有这种可能性而已。”

“真的吗，濑口警官？”

濑口的这句话让森的脸上恢复了生气。

对于矢岛也一样，也不能认定他有罪。然而，作为职业刑警，就算无法知道全部真相，也必须彻底追查，追到最接近真相的地方，这正是他们肩负的使命。

“最后我想再问你一次，十二月三日，你和矢岛先生一起进入被害者家里时，矢岛先生曾进入玄关右侧的卧室，对吧？”

“是的，没错。”

“请你好好回忆一下，那时，矢岛先生有没有过什么特别的举动？”

“呃，那时我正看着尸体所在的客厅方向，没有看后面。”

“什么都没注意到吗？”

还是和之前一样的回答。濑口喝了一口已经凉透的咖啡，苦涩的液体流进空荡荡的胃，一阵难以言喻的疲劳感袭上心头。

“啊……倒是听到了一些声音。”

濑口听见森咽口水的声音。

“声音？什么声音？”

“好像是某种金属类的东西掉在地上的声音。”

濑口没能瞬间明白这话的意思。

“某种东西？比如什么？”

“比如，钥匙掉在地上的声音。”

第七章

“矢岛先生，你真的没杀沙也加，对吧？”

在出租车后座，手塚再次问矢岛。手塚坚持主张若要解决案件，就必须去现场确认，所以他们现在正乘坐着出租车，前往“秋叶原之家公寓”。

“是的，没错。”

出租车穿过中央线的高架，驶过架在神田川上的万世桥，眼看着要穿过有黄色总武线电车穿行的 JR 高架。这座高架桥下方如今仍保留着旧时秋叶原的美好面貌。这一带被叫作“电台中心”，集中了许多贩卖电子机器和电子商品的小店，还有贩卖电线、插座、钳子和螺母等各式各样商品的摊贩，可谓应有尽有。在不断进行大规模开发，店铺更替十分频繁的秋叶原，只有这里的风景没有改变。

驶过这一带，就到达了杂乱无序的秋叶原中央街道。

出租车沿着中央街道继续行驶，游戏厅、家电批发店、拉面店、成人影片店、二手电脑店、小钢珠店……各式各样的店家竞相挂出巨大看板，美少女动画的主人公和胸部大到不自然的女性游戏角色在看板上露出微笑。穿着女仆装的少女在路上勤快地分发着传单。

“既然不是你杀的，那我们就假设是其他人杀害了沙也加，可以吗？”

手塚的声音很大，把矢岛吓了一跳。

“唉，怎么说呢，那晚的事我都不记得了，也确实有可能是喝醉后的我杀害了沙也加。被警察问话时我还差点儿在那份笔录上签字了呢。”

矢岛烦恼的地方就在这里。

接受问讯时警方一直说他以往的酒后恶习，再加上不断增多的间接证据，令矢岛都在怀疑，搞不好真的是自己杀害了沙也加。事到如今，对于那晚自己的行动，矢岛已完全失去了自信。

“矢岛先生，你知道在十九世纪八十年代后期到九十年代初的美国，曾有多位女性回忆起自己曾在幼儿时期遭受过性虐待，此事还成为一大社会问题的事吗？”

“有过这种事？”

“那时美国经常发生儿童失踪案，不过据调查，性侵案中大部分是孩子的生父对孩子实施了性虐待。”

手塚冷不丁地说起这一话题。

说起虐待，矢岛首先想到的是在接受警察问话时，濑口提到的“压抑”。

“那些人应该是在孩童时期遭受过虐待后忘了那段经历，成年后又重新想了起来。这在心理学上被称为‘压抑’。其中确实也有是真的回想起了已被淡忘的受虐待经历的例子。但实际上，由于记忆恢复疗法这一心理咨询手法的过度使用，也有很多人说出的是虚假的虐待经历，这曾在当时的美国酿成很多冤假错案，并导致许多家庭破裂。”

“这样啊……”

车子驶过了贩卖同人本的大型书店，同楼八层还有一处国民偶像团体的专属剧场。出租车在外神田五丁目路口右转，转过弯后景色瞬间变了样，是一派气氛安详的普通街景。

“你是在被警察问话时回想起了喝酒导致的种种错误行径，才觉得搞不好是自己喝醉后杀害了沙也加。”

“对，是这样的。”

“你曾在酒醉后施暴吗？”

“没有。之前我也说过，虽然喝醉后我会变得很吵闹，但从没动用过暴力。”

“那你和沙也加发生过争吵吗？”

“没有。在是否要结婚的问题上还有些犹豫，但交往本身是非常顺利的。”

“以防万一我再问一下，是否有人曾说你喝醉后会对女性动手，或是做出家暴之类的举动？”

“怎么会？不管喝没喝醉，我都从未对女性动过手。”

“那就没关系了。矢岛先生，人类哪怕醉得再厉害，都不会做出和清醒时的感情和伦理观完全不同的行动。如果有人在喝醉后杀了人，一种可能是那人是一喝醉就会变得暴力的类型，还有一种可能是他原本就抱有杀意，在酒的力量下付诸了实践。只有这两种可能。”手塚斩钉截铁地说道。

穿过有新干线通行的JR高架，又右拐左拐多次之后，出租车打着灯，停在了“秋叶原之家公寓”前。

付完车费下了车，手塚又开口了。

“一般人，即使喝醉了，也会做出符合当下情况的合理举动。就像人不管喝得多醉都能不可思议地回到家一样，即使喝到失去记忆的程度，人也不会做出完全违背个人伦理道德观的举动。至少不会只因为喝了酒，就毫无理由地杀人。”

“真的吗？”

“如果醉汉会毫无理由地杀人，那么酒精应该早就被列为危险品，禁止买卖了。”

房主去世后，“秋叶原之家公寓”的一〇〇五号房的所有权由妹妹瑠加继承。手塚把从瑠加那里借来的钥匙插进公寓大门，自动门立即开启。据说手塚是凭借顾问律师的身份，以“为了解决案件，必须要查看现场”为由成功说服了瑠加，获得了进入房间的许可。手塚在电梯前按下“上”的按钮，电梯立刻降了下来。两人进入电梯，矢岛按下了十层的按键。

“另外，矢岛先生，虽说沙也加是一名女性，但你认为你能在喝到不省人事的时候，把拼死抵抗的成年人勒死吗？”

这一怀疑非常合理。

沙也加个子很高，体力也在女性平均值以上。喝到失去记忆的自己，即使成功用领带勒住了沙也加的脖子，也无法在几分钟内持续用力吧，何况期间沙也加想必会拼死抵抗。而且，对喝醉的自己来说，并没有即使做到那个地步也要把沙也加杀死的理由。

“如果用刀刺死，只需要一瞬间。然而勒住脖子致人死亡是很费事的。喝得烂醉，连脚都站不稳的人，能做到吗？”

“说得是啊。”

这时电梯停在了十楼，梯门开启。

“正如我之前所说，这起案件的真正凶手是制造密室的人，所以你并不是凶手。反过来看，对警察来说也一样，只要解不开密室，即使他们想逮捕你，恐怕也做不到。”

“警察真的想逮捕我吗？”

“嗯。如果案件不是在密室里发生的，估计你早就被逮捕了。”

矢岛感到背后发凉。这个男人的话不知是开玩笑的还是出于真心，总会令矢岛喜忧参半。

“手塚先生，拜托你了，请你想办法找出真凶。”

“是啊。我就是为了这个才来案发现场的嘛。”

两人出了电梯径直前行，来到了一〇〇五号房间门口，把从瑠加那里借来的钥匙插进了钥匙孔。连开两道锁之后，手塚缓缓地打开了门。警方已多次调查过犯罪现场，但还是没能解开密室之谜。现场的入内禁止令已于前日解除。

“我认为，密室是怎样制造出来的，是解决本次案件的关键。”

两人一起脱下鞋走进房间。这里会唤起发现尸体时的记忆，所以矢岛其实很不愿再踏入。但手塚表示：“如果你不和我同行，那我就会觉得你是凶手了。”矢岛便没能拒绝。

“至今为止，作家们在推理小说里制造出了形形色色的密室。但对于这次的案件而言，只要验证一个问题，便可以解决问题了。”手塚竖起右手食指，断言道。

“什么问题？”

“那就是，这个密室是有人特意制造出来的，还是偶然产生的。”

“还有偶然产生的密室？”

“有的。现实中看起来像是密室杀人的案件，基本上都是出于偶然。比如本该开着的门或锁偶然被锁上了，或是数小时前喝的药突然起了作用，或是毒气、一氧化碳从某个地方渗入，等等。另外还有原本是自杀，却因某种偶然看起来像是他杀的例子。如果没有这些偶然，虽然很遗憾，但确实就不会发生密室杀人事件。”

“原来如此。”

“倒不如说有意制造出来的密室更容易找到真正的罪犯。毕竟事情是人做的，罪犯肯定会在某些地方露出马脚。”

案件发生后，这间屋子自然就没人居住了。警察搜查以后似乎也没人进来过，地上积了一层薄薄的灰尘。

这里总有一天会再次出租吧，但作为知名杀人现场，想必暂时找不到租户。

“钥匙就掉在右边这间卧室的地上，对吧？”手塚站在进门的右首边，说道。

“对。”

“那把钥匙，是这一把吗？”

手塚把刚才开锁时用的长约七厘米的银色钥匙拿给矢岛看。

“那把应该被警察拿去作为物证扣押了，但形状和这把完全相同。”

“钥匙具体掉在哪里？”

“好像是在那扇窗户旁边的地上。”

矢岛指向挂着粉色窗帘的窗户下方，地上有用白色粉笔画的一个小圆圈。

手塚把那扇窗户仔细地观察了一番，然后拉了拉窗帘。窗帘有两层，在稍厚的粉色窗帘里面还有一层白色的蕾丝窗帘。手塚又拽开那层蕾丝窗帘，出现了毛玻璃窗。

窗户是从下向上推开的类型，上半部分是固定住的。手塚打开窗上的锁，抓住下方的把手猛力往上一推，秋叶原地区的混居型楼群便出现在纱窗外。

“发现尸体时这扇窗户是关着的，对吧？”

“对，好像还上锁了。”

“这扇纱窗好像打不开。那么，即使窗没锁，也不可能投进东西。”

手塚敲了敲纱窗说道。矢岛也点了点头。

手塚关上毛玻璃窗，再一次仔细地观察起窗框四周。他抓住窗框“咔咔”地摇了摇，但怎么看都不像是能卸下来的样子。窗户上方有两重窗帘轨道。手塚把房里的椅子移到窗边，站在上面仔细确认窗帘轨道的前后左右。从椅子上下来后，他又趴在白色粉笔画的圈旁边检查。

“手塚先生，你有什么发现吗？”

然而手塚无视了矢岛的问题。矢岛觉得搞不好手塚都没听见他的话。无奈之下，矢岛只好站在卧室入口，无所适从地看着手塚。

检查完窗帘轨道后，手塚又坐在房间里的特大号床上，接着爬上床跳了几下，又躺下来确认床垫的触感。

“矢岛先生，这张床应该很贵吧？”

“嗯，沙也加生前说过，好像一百万日元呢。手塚先生，这张床有什么不对劲吗？”

手塚执拗地对床进行各种检查，矢岛便好奇地问道。

“没有。只是这床垫的感觉太好了，忍不住让人想玩一会儿。”

他这话是认真的还是在开玩笑呢？这个令人捉摸不透的娃娃脸男人从床上下来，回到了走廊。

“矢岛先生，当时这间卧室的门是开着的，对吧？”

矢岛回想着发现尸体那晚的事。

“对，是开着的。所以我才到这个房间看了看。”

“原来如此。那么，对面这个房间的门呢？”

手塚说着，握住了走廊对面放满影像设备的房间的门把手。

“那扇门是关着的。”

“是吗？”

手塚按下门把手，进入了卧室对面的房间。

房门打开，西园寺沙也加引以为傲的迷你影院便出现在眼前。墙上挂着六十英寸的大型电视，配上五个立体环绕式音箱。若在这里观赏好莱坞大片，想必会有极为出色的体验，但更能让人感受到这间迷你影院的强大之处的，其实是赛车之类的竞速游戏。用大屏幕观看极富真实感的游戏画面，肯定能感受到仿佛真的在驾驶车辆般的临场感。

另外还有小型音响组合、最新款的DVD放映机，以及数台游戏机。这么多的电器集中在一个房间里，使得接线成了个麻烦问题，因此电视背面其实藏着一堆线路，搞得一团糟。

“有这么多电器，想必光遥控器就有很多个。”

确实，遥控器在电视柜上排成了一排。

“是的。她经常哀叹因为在关键时刻没找到遥控器，因此错过了喜欢的电视剧的开头部分。”

虽然沙也加搜集了这么多家电，但关键在于她是个重度机器盲。除了总是找不到遥控器以外，她还常搞不清输出和输入的接线，这时都会叫矢岛来处理。

手塚按下遥控器，打开电视电源。

某脱口秀节目的中年主持人出现在了大荧幕上。手塚又把DVD、CD、灯、空调等各种遥控器试了个遍，其中还有没有任何反应的遥控器，不知是因为没电了，还是其他房间的遥控器混在了这里。也有可能是家电换了新的，却忘记把遥控器丢掉了。

手塚拉开窗帘。

“这扇窗的锁是开着的，对吧？”

“警察他们是这么说的。”

手塚打开锁，推开窗，附近主干道上的车流声涌进窗口。

窗户上镶有铁栅栏，手塚从空隙中伸出手，让矢岛看着他把手张开又握紧。外边是通往扶梯的公寓走廊。

“如果只是手的话，很容易就能通过。但要想让身体通过……即使是小孩，也比较困难吧？”

矢岛点了点头。

手塚歪着头，对着窗户凝视了片刻，又关上窗户，走出了这个房间。

走廊右侧是衣柜，左侧是卫生间和浴室。

“这个衣柜，还有卫生间和浴室的门都是关着的吗？”

“卫生间的门是关着的，衣柜应该也是关着的。洗手台那边，换衣处的门是开着的，但里面浴室的门是关着的。”

“也就是说，一直到换衣处为止，都是开着的，对吧？”

“是的。”

“原来如此，原来如此。”

手塚一边说着一边频频点头。

换衣处放有吹风机、可测量体脂率的体重计、电动牙刷，以及在充电器上缩成一团的扫地机器人。

浴室里安装了防水电视。浴缸上有各种各样的按钮，是个有泡泡浴功能的浴缸。卫生间里设有最新式的温水冲洗坐便器，衣柜里放有防火保险柜，保险柜中的两千万日元现金在案发之后存入了银行。

随后，他们终于来到了沙也加的尸体所在的客厅门前。

“这扇连接走廊和客厅的门，当时是关着的吗？”

手塚抓住那扇门的门把手，问道。

“是的，是关着的。因为那时我看见管理员森先生按下门把手了。”

客厅的地板上有用粉笔画出的人形痕迹，似乎在对来人诉说案件刚发生没多久的事实。虽然深冬的灿烂阳光也洒在这间过于宽敞的房间里，但失去了主人，屋里总是显得有些寂寞、凄凉。感到一阵凉意的矢岛想要打开暖气，便开始寻找遥控器。

客厅里有一张气派的桌子，上面放着绘制漫画所需的液晶数字板和电脑，还有一台被孤零零地摆在一旁、和其他物品形成鲜明对比的老旧收音机。

“这面镜子为什么会在这种地方？”手塚看着立在墙边的穿衣镜说道。

“可能是换衣服的时候需要吧。”

“是吗？说起来，她被发现时只穿着内衣，对吧？”

“是的。准确来说，她只穿了条内裤。”

手塚扫视了一圈这间过于宽敞的客厅。

“可是，如果在这里换衣服，是会被对面公寓的人看到的啊。”

的确如此。矢岛又想起，发现沙也加的尸体时，这间客厅的窗帘是打开的。对面的公寓离得非常近，一位妙龄女性在这里换衣服的样子会完全暴露在对面住户的视野范围内。不过当时是深夜，可能不需要担心这点。

“她确实有点神经大条。那会不会是她做了什么奇怪的撩拨举动，引来了隔壁的变态？”

“嗯……有可能，但如果真的是变态犯罪，在把衣服全部脱掉之后，应该会想做到最后吧？”

虽然沙也加是在仅穿内裤的状态下被杀害的，但并没有被强奸的痕迹。

“那倒也是。”

手塚打开窗，走到阳台。

矢岛找了一会儿遥控器，最终还是放弃了，跟在手塚后面上了阳台。外面有风，很冷，矢岛立起衣领，缩起脖子。而手塚似乎毫不在意，专注地确认窗户上是否有空隙，以及窗锁周围是否有异常。但这是一栋现代化公寓，矢岛认为不太可能有能让人动手脚的空隙。

阳台上设有能通到楼下的逃生装置，因火灾等意外事态导致楼梯不能使用时，就可以利用此处下楼。这段楼梯是通往下一层的，但没有最近曾被使用过的痕迹。顺便一提，这个房间位于最顶层，所以没有从上方降到这个房间的楼梯。

这时，对面公寓的同一层走廊里出现了一个人影，那人一脸稀奇地望向这边，或许是因为已经很久没看到有人进入这个话题房间了。

调查完阳台后，手塚回到室内，又开始从客厅内部确认窗户的情况。随后他似乎突然想到了什么，一会儿查看沙发底下，一会儿又翻查起桌子的抽屉，甚至还开始检查厨房里的橱柜。矢岛完全看不出他到底在找什么。最终手塚一言不发地走出客厅，径直走向玄关。

矢岛依旧待在阳台，呆呆地眺望对面的公寓。

刚才往这个房间看的那个人影已经不见了。眼看着太阳就要下山，气温会更低。于是矢岛也回到屋内，继续来来回回地寻找遥控器，想把空调打开。

就在这时，屋里响起“哔”的一声，接着传来一阵轰隆隆的机械声。

矢岛转过头，发现手塚已不知何时回到客厅，手里拿着遥控器。是他刚打开了房间里的空调。和矢岛对视后手塚微微一笑，又踏上了走廊。

手塚在仔细检查这起密室事件的核心——玄关。

他把钥匙从内侧插进锁孔，反复扭动了很多次，接着对门的下方是否有空隙进行了确认，甚至搬来椅子确认门的上方是否有空隙。

“矢岛先生，密室之谜我基本上解开了。”

用手指拂去门上方的尘埃后，手塚若无其事地说道。

“哈？真的吗？那凶手是谁？”

“凶手？”

“对啊，凶手，制造出这个密室的凶手是谁？”

“那还不知道。”

“什么？解开了密室之谜，却还是不知道凶手是谁？”

“嗯，倒也不是完全不知道……”

“那你快把凶手的名字和密室之谜的解答告诉警察啊！”

“嗯……但那终究只是我的推理，不知道警察会不会相信。”手塚小声说道。

“难道是警察不太可能会相信的推理？”

“不不，推理本身很合理，至少我对解开密室之谜很有自信。但想要锁定凶手，还需要确凿的证据。”

“现在没有证据吗？”

“证据？嗯……完全没有呢。”

“怎么会……我现在可是随时都有可能被逮捕啊，手塚先生，请你想想办法吧。”

“对了，干脆你就直接被逮捕，让我在法庭上揭开密室的谜底，怎么样？这样不但能把凶手逼至绝境，更重要的是，这种好像电视剧一样的情节，不是很帅吗？”

“请别开玩笑了，万一在法庭上输了怎么办啊？”

“没事的，要是那样，我就不收律师费。”

在被压缩得越来越狭小的警署内部吸烟室里，濑口正抽着中午的饭后烟。

对相关人士的问讯已结束，案情已大致掌握。然而一想到密室之谜，难得的休息时光也变得索然无味。

“我又对公寓里的住户进行了一次问询，然而没人有操纵无人机的经验。”加藤在濑口的身后说道。

“辛苦你了。”

“同时我还打听了是否有会关节特技或有养蛇经验的人，也都没有。总之，没得到什么有价值的情报。”

假如使用无人机，或许就能制造出那个密室，濑口曾这样想过。但那需要相当成熟的操纵技术，普通人即使稍加练习应该也是办不到的。

加藤在濑口面前的圆凳上坐下，从口袋里拿出烟，点上了火。

“这样一来，管理员森的证言就变得尤为重要了，就是‘在发现尸体时，听到了钥匙落在地上的声音’那句。”

“嗯。矢岛说自己喝醉了没有记忆，看起来那就是弥天大谎，这是一起他从一开始就进行了缜密策划的犯罪。这么看来，什么密室之谜之类的，压根就不存在。”

“差不多可以申请逮捕矢岛了吧？”

濑口也在认真地考虑着这个问题。

如果将矢岛逮捕，没收他的电脑和手机，也许能从中发现什么。如果他真的是凶手，虽然应该已经删除对自己不利的记录，但毕竟他不是这方面的专家，应该无法把痕迹完全消除。此外，遗言 CD 里的迷之噪音也很令人在意。

“只要把他逮捕，应该会有让他认罪的办法吧？”

虽然濑口他们至今为止已经对矢岛进行了数次问讯，但若是逮捕后的审讯，无论是意义还是方法上，都将与之完全不同。如果矢岛真的是凶手，那么濑口有绝对的自信能将他攻克。濑口把变短的香烟换到拇指和食指之间，吸了一大口，橘色的火星伴随着“啪啦啪啦”的声音，烟烧了起来。

“好，我明白了，向本部长申请对矢岛的逮捕令吧。”

濑口把香烟摁在防锈铝制烟灰缸里，站起了身。

就在这时，胸前口袋里的手机响了起来。濑口把手机拿出来看了看，是没有显示号码的匿名电话。居然会有匿名电话打到这个号码上来，真是稀奇。濑口一边想着，一边缓缓地按下了通话键。

“你好，我是濑口。”

“我是西园寺沙也加。”

一个女声响起。

“什么？你是谁？”

“漫画家西园寺沙也加。”

刚以为是什么恶作剧电话，濑口就意识到这个声音似曾相识，确实与西园寺沙也加，即电台里的西山沙绫的声音十分相似。

“怎么会？你真的是西园寺沙也加，也就是西山沙绫吗？”

“是的，没错。”

这不可能。遗体是濑口亲自确认的，妹妹瑠加也作过证，说那肯定就是她姐姐本人。

“你说谎。西山沙绫已经死了，我亲眼确认过。”

“信不信由你。”

然而声音一模一样，就连说话时给人的感觉都很像。

“我有一件事要告诉你，我知道凶手是谁了。明天一点，请到案发现场来。”

“你知道凶手是谁了？真、真的吗——”

濑口话音未落，电话就被对方挂断了。

这是怎么回事？

人死不能复生，濑口最先想到的是：这是一通恶作剧电话。

然而，打来电话的人指定了时间和地点，会不会确实有什么重要的线索呢？

难道那具尸体只是与西园寺沙也加极为相似，实际上并非她本人？

濑口的脑海里闪过这一想法，然而，这种事当然是不可能的。

难道西山沙绫是双胞胎？当然，至今为止没有任何人提到过这一信息，从亲妹妹西山瑠加那里也没有听说。濑口这样想着，感到有些不安，会不会是他们没有问，妹妹瑠加才没说的？从不能说话的瑠加那里问到的都是和案件直接相关的事，难道在西山沙绫的身世中还暗藏着什么秘密？

真会有这种事？

西山沙绫其实还活着？

人气推理漫画家之死引发了一阵轰动，网上有各种各样的臆测，可谓新一代的都市传说。“西园寺沙也加还活着”、“名侦探西园寺沙也加不可能就这样死去”“名侦探正亲自制造密室杀人事件，她最终会像耶稣一般复活的”，然而这些终究只是粉丝的妄想。

又或者这是粉丝的恶作剧？

有这种可能。

但会有人特意调查刑警的电话号码，就为了打一通恶作剧电话吗？这可是搜查一课的刑警的号码啊。不过，不管对方是不是匿名，只要想调查，都是可以查出电话来源的。

另外，既然电话的主人自称西园寺沙也加，会不会其实是西山瑠加？毕竟现在能自称是西园寺沙也加的只有妹妹瑠加。会不会是她掌握了密室杀人案件的新线索，直接给濑口打来了电话？

然而濑口立即察觉到这是绝对不可能的，因为瑠加不能说话，所以不可能打来电话。

不，等等。

瑠加真的不能说话吗？

会不会只是装作不能说话呢？濑口的思绪已乱成一团。

总之，明天一点。

原本以为案件已陷入焦灼，没想到有了意想不到的发展。西园寺沙也加确实说她“知道凶手是谁了”。

到了明天一点，就知道新的进展了。

如果只是有人恶作剧，或者是没什么用的线索，就立刻申请对矢岛的逮捕令。

“是谁打来的电话？”此时加藤一脸惊奇地问道。

“其实……是西园寺……”濑口好不容易才咽下“是西园寺沙也加打来的”这句话，“喂，加藤，明天一点，把时间空出来。”

加藤本想询问理由，但从濑口的表情上感觉到事情非比寻常，便没能问出口。

第八章

圣诞节过后，街上都在准备迎新年，又多了几分忙乱。

濑口和加藤在指定时间二十分钟前就来到了案发现场"秋叶原之家公寓"。在一楼大门处按响门铃说明来意后，没有任何回应自动门便打开了。看来房间里已经有人在了。

一〇〇五号的房门没有锁。

鉴于刚才已说明了来意，濑口判断这是房里的人表示他们可以直接进门的意思。到底是什么人在房间里等着他们呢？他一边抑制住急切的好奇心，一边按下门把手，打开了门。

二人在玄关脱下鞋子，走进昏暗的走廊，尽头是通往宽敞客厅的门。那扇门后面有谁在呢？濑口深吸一口气，推开门，客厅里洒满年末时节算是十分温暖的阳光，阳光中，有一个女性的背影，她留着齐腰的亮泽黑发。

意识到这边有动静后，女性转过了头。她穿着胸口开得很低的红色毛衣和紧身深蓝色牛仔裤。

"西园寺沙也加……不，是西山瑠加小姐，对吧？"

女性缓缓点了几下头。

确实是漫画家西园寺沙也加，但不是姐姐西山沙绫，而是妹妹瑠加。

“那通电话是你打来的？你的确是西园寺沙也加没错，但……话说回来，你可以说话了？”濑口以质问的语气说道。

西山瑠加却悲伤地歪着头，递出了一枚信封，上面印着“西山瑠加小姐收”，留有瑠加的住址，但没有寄件人的姓名。

“我可以看里面的内容吗？”

瑠加点了点头。

濑口从信封中取出了一张信纸。

> 西山瑠加小姐
>
> 我知道杀害我的凶手是谁了。十二月八日下午一点，请到案发现场“秋叶原之家公寓”的一〇〇五号房来。我想对此次案件进行详细说明，包括密室之谜在内。
>
> 西园寺沙也加

濑口和瑠加无言地对视。

即使不说话，两个人也知道彼此在想着同样的事情。为什么会从已经死去的西园寺沙也加那里接到电话和信件呢？探过头来看到信的内容的加藤也因为这过于离奇的现象而沉默了。

这时，传来了房门开启的声音。

脚步声缓缓走过走廊，逼近濑口他们所在的客厅。濑口感到背后一阵恶寒。该不会是西山沙绫吧？来人按下了客厅的门把手。

来人是身穿深蓝色制服的管理员森。

“昨天，我接到了西园寺沙也加小姐的电话，让我到这里来。我完全没搞懂是怎么回事。”

“电话里说什么？”

听到森的说明，加藤愣了一会儿之后才开口问道。

“说是知道凶手是谁了，还说要对一切进行说明，所以让我来这个房间。那通电话到底是谁打的啊？”

西山瑠加把自己收到的那封信展示给森看，这时众人身后响起了一个声音。

“濑口警官，这到底是怎么回事？西园寺沙也加不是已经死了吗？”

石丸说着，打开客厅的门走了进来。

“你也接到电话了啊？”

“是啊。昨天接到西园寺沙也加打来的电话时，我还以为我的心跳要停止了呢。”

“你大概几点接到的电话？说详细点。”

濑口身为刑警的头脑终于开始运作，他拿出笔记本，问道。

“昨天下午两点左右，我的手机接到了一个匿名电话，说已经知道案件的真凶了，让我今天一点过来。虽然我在来的路上也一直半信半疑，但身为她的电台节目的负责人，我是知道的，那真的是西园寺沙也加的声音。”

“怎么可能……”濑口不禁小声呢喃。

“我觉得这只是一场性质恶劣的恶作剧，不可能是沙也加。”

一个新的声音从濑口身后响起。编辑井泽一脸不悦，一边脱掉外套一边走了进来。

“西山沙绫已经死了，这只是某个想打着西园寺老师的旗号做坏事的人制造的一场性质恶劣的恶作剧。”

“瑠加小姐、森先生、井泽先生，还有我，再加上两位刑警，还会有别人被叫来吗？”石丸扫视众人说道。

“这么说来，矢岛先生居然不在这里，这可真奇怪，明明他才是最可疑的人，不应该没有被叫来啊……”井泽一脸不可思议地说道。

“马上就到约好的一点钟了。”

石丸的这句话让众人都看了看表。濑口看到墙上的时钟还有三十秒就要指向下午一点了。

“在侦探小说的通常套路里，名侦探应该会在这时登场，将案件之谜解开，并在最后的最后指出‘凶手就是你’。然而已经死去的西园寺老师究竟会不会在这里登场呢？如果她真的出现，我无论如何都要和她见上一面。”

今天也穿着深蓝色西装，并规矩地打了领带的井泽抱着胳膊说道。

墙上钟表的秒针也眼看着就要指向一点了。

到底是谁把众人召集到这里的呢？此时大家的视线都集中在客厅通往走廊的门上，屏吸盯着，仿佛西园寺沙也加会在下一秒出现。

就在这时，房间里的座机响了起来。

一声、两声，铃声响彻整个起居室。

三声、四声……这通电话会是死去的西园寺沙也加打来的吗？不知是因为恐惧还是碍于礼数，谁都没有去接电话。这间屋子现在是西山瑠加的了，所以照理来说，应该由她来接电话，可她无法出声，接了也做不了回应。七声、八声、九声……铃声响起第十次之前，加藤终于拿起了听筒。

听了一会儿后，加藤环视众人，说道："对方让我转免提，我转免提了。"

说完他按下电话机上的按钮，从扬声器里传出微小的杂音。

"我是西园寺沙也加，今天请各位在百忙之中来到这里，非常抱歉。"

房间里的空气冻结了。从扬声器里传出的声音无疑是西园寺沙也加的，也就是死者西山沙绫的声音。

"从我死去那天起，已经过了将近一个月，但似乎你们还没发现真凶，所以我尝试着进行了推理。"

怎么会有这种事？

西园寺沙也加，那个名侦探，复活了，还查明了杀死自己的真凶。这是怎么回事？

濑口大脑一片混乱。这个说话的女人是谁？该不会真的是西园寺沙也加，也就是已经死了的西山沙绫吧？怎么可能？不可能有那种事的。是不是电话那头雇了一个声音和她很像的声优？

"凶手就在你们之中。"

听到西园寺沙也加的这句话，客厅里的六个人都表情复杂地看向彼此。

除去濑口和加藤，真凶真的在西山瑠加、森、石丸和井泽这四个人当中吗？如果真是这样，那就代表矢岛并不是凶手？

“这起案件的关键在于密室。解开密室的关键是机器人和绳子。详细情况由助手进行说明。”

机器人和绳子？

电话那头的女人说要解开密室之谜，如果她真的是被杀害的西园寺沙也加，那么她或许知道谜底，因为制造出这个密室的就是杀害了她的人。然而如果真是这样，那具女尸又是什么人？该不会是有人叫来巫女，让西园寺沙也加的魂魄降临了吧？

“我是助手手塚雄太郎，下面将由我代替名侦探进行说明。”

西园寺沙也加还有助手？

濑口觉得手塚雄太郎这个名字很耳熟，好像在哪里听过，接着他立刻记起来，是西园寺沙也加的顾问律师，那个娃娃脸的男人。

“凶手在杀人之后把房间营造成密室，为何这么做，我会在之后说明。不过，要将这个房间变成密室这件事，其实并不难。”

西山瑠加、森、石丸、井泽，以及濑口和加藤，起居室里的这六个人连一句话都说不出，都专心听着这个自称手塚的男人说明。

“凶手准备了一根长绳，在一端套着钥匙，再横着拴一个牙签之类的能被轻易破坏的东西。绳子套过卧室窗户上的双重窗帘轨道，带钥匙和不带钥匙的两个头都拉到影音室，再穿过影音室窗外的铁栅栏缝隙，伸到外面。凶手作案后走到外面，关上玄关大门，用伸到外面的钥匙锁上房门。”

手塚雄太郎的声音不断地从电话扬声器中传出，在场的六个人仿佛全都停止了呼吸一般。

“出房间之前，凶手还要把原本放在换衣处的扫地机器人挪到影音室的窗户下方。锁上门之后，为了把钥匙放回卧室，凶手要把带钥匙和牙签的那端通过铁栅栏放到扫地机器人上。可能很多人不知道，扫地机器人是可以通过遥控器进行远程操作的。凶手通过这一功能启动了扫地机器人，并且快速操纵它进了卧室。”

房间里的确有一台扫地机器人。濑口回想起曾看到过圆形的机器端坐在换衣处的充电器上。

“扫地机器人进入卧室后，凶手再拉动绳子的另一端，绳子在窗帘轨道上划过，最终，钥匙就吊在了窗帘轨道下方。凶手继续拉动，用牙签做的装置会卡在窗帘轨道上。之后只要稍微用力，牙签就会在与窗帘轨道的碰撞之下坏掉，钥匙就掉在了地上。轨道上的痕迹恐怕就是那时造成的。”

轨道上有痕迹？濑口从没收到过相关报告，不过现场调查课会忽略那里也情有可原。

“至于牙签，可以由扫地机器人来打扫干净。调查一下扫地机器人里的垃圾，应该还能发现。不过扫地机器人不会把钥匙也吸走，而且可以任由它继续清扫房间，等到电力不足，它就会回到位于换衣处的充电器上。从结果来看，就是一把钥匙掉在卧室的地上，像是有人把它放在那里的。”

卧室的门和换衣处的门都是开着的，电力不足的扫地机器人确实可以自行回到充电器上。

“另外，凶手还谨慎地关上了影音室的门。这里用到的机关就很简单了，拿根绳子在门把手上缠一圈，拉紧，然后两端都伸到窗外。搞定一切后，只需放开绳子的一端，再拉动另一端，就可以把绳子回收了。凶手大概是想，关上了影音室的门，密室看起来就更复杂了吧。”

听着从扬声器里传出来的说明，濑口仿如大梦初醒。苦思冥想却也毫无头绪的密室之谜，就这样得到了非常简单的解释，而且方法现实可行，只要按部就班地行动，仅用几分钟便能做到，也没有被人看到的危险。

“可是，凶手到底为什么要花如此多的心思制造密室呢？这部分就有请名侦探来解答。”电话里又传出这样一句。

接着，西山沙绫的声音从扬声器里传出。

“是为了制造不在场证明。”

“是的。凶手企图通过把案发现场变为密室，来制造不在场证明。”

详细解说再次变回了手塚的声音。

“日本的警察在调查时很重视不在场证明，不管多么可疑，只要不可能出现在现场，日本的警察就会认为这个人没有嫌疑。反过来，即使是没有疑点的当事人，只要在犯罪推定时间内出现在了现场，就会被怀疑。”

森看向濑口。濑口装作没有注意到他的视线，专心聆听手塚的说明。

“而只要警察由此认定某人是罪犯，就会将其逮捕，并进行残酷的审讯。严酷的审讯使得不少嫌疑人明明没有犯罪却自行招供，酿成了许多冤案。”

真不愧是律师，正戳中了警察的痛处，濑口心想。

“本案的凶手正是通过将杀人现场制造成密室，成功地伪造了不在场证明。凶手确实是在这个房间里杀死了西园寺沙也加，也就是西山沙绫的。然而伪造的不在场证明使他成功逃过了警察的搜查。名侦探，请你来说明他是怎么做到这一点的吧。”

“关键在于死亡推定时间。”

西山沙绫的声音又一次响起。

“也就是说，凶手骗过了警方的鉴定课，成功地混淆了死亡推定时间，对吧？”

“没错。”

“人类的身体在死后会产生各种各样的变化。首先会变为瘫软的松弛状态，之后从下巴到脖颈，再到肩、肘、膝盖，从离人脑最近的部分开始逐渐僵直，一直到脚趾。在死后二十小时，人体达到僵直状态极限，之后会倒过来，僵直状态逐渐缓解，直至最终完全解除。凶手伪装的机会就在这里。那么，具体是如何欺骗鉴定课的呢？”

“是通过空调。”

空调？

濑口抬头看向安装在客厅窗户上方的大型空调。

“是的。死后僵直的变化会受到周围的温度，也就是这个房间内的室温的很大影响。尸体被发现前，这个房间的空调一直开着暖风。想必是设置了定时关闭，于是西山沙绫的尸体被发现时，大家感受不到房间里的温度差，空调也不再送暖风了。这么一来，尸体会有怎样的变化呢？死后僵直过程会比在冰冷的房间里进行得更快。”

濑口又一次抬头看向窗户上方的大型空调，此时它也正持续送出暖风。

“这样一来，想必大家也知道凶手将这里弄成密室的理由了。凶手是想通过空调送暖来加速死后僵直，从而骗过警方的检查。犯罪现场被打造成了密室，温度的变化就更加明显，同时把死者脱到近乎全裸，也是为了更好地利用室温，加快死后僵直。对吧，名侦探？”

“没错。”

“凶手在犯罪之后，把暖风开至最强。之后像我刚才说明的那样，利用装置从外面将房门锁上，然后离开。空调会持续不断地送出暖风。然而，只是这样并不能骗过警方，凶手还必须在尸体被发现前，关掉这间密室中的空调。”

濑口再一次看向窗户上方的空调。要如何关掉已经上了锁、任何人都无法进入的房间里的空调呢？

这时，井泽突然跑到了阳台上。客厅里的所有人一齐看向那边。

“你这家伙，在那里干什么呢？”

井泽冲着对面公寓喊道。

一个帽檐压到眼睛的男人正单手拿着手机，站在对面公寓同楼层的走廊上。

“你就是手塚吧？别闹了。”

井泽激动地冲着那个男人大声叫道。

“现在跑到阳台上的是井泽先生吧？我还做了一番变装，你居然还能认出来。我本来还想做个实验吓吓你们呢。”

对面公寓的男人微微抬起头，没错，那家伙就是手塚雄太郎。

“凶手是如何关掉已经制作完成的密室里的空调的呢？名侦探，由你来说明吧。”

“是遥控器。”

扬声器里又传出西山沙绫的声音。

濑口也冲到阳台，定睛注视对面公寓的走廊，然而除了手塚，并没有其他身影。西山沙绫到底在哪里？她真的还活着吗？只见手塚看向这边，继续对着手里的手机说话。

“是的，凶手是用空调遥控器关掉空调的。同一品牌和机型的空调，遥控器一般是通用的，我今天从电器店借来了和屋里的空调同款的遥控器。空调遥控器的原理基本都是发射红外线，空调机身感应到并产生反应。红外线是光，会呈放射状散射，我想大家也都有过经验，离开一定距离就无法用遥控器操控空调等家电了。这个距离的极限大概是五米。”

濑口又一次看向娃娃脸手塚。这家伙到底是何方神圣？

是世间罕见的诈骗师，是天才名侦探，又或者真的是西园寺沙也加的助手？

“就像我刚才所说，家用遥控器的红外线呈放射状散射，所以无法传播很远的距离。更别说要从对面公寓的走廊用遥控器操控这个房间里的空调了，按照常理来说是绝对不可能的。”

可以看到，对面的手塚把手机夹在了肩膀和耳朵之间，右手从口袋里掏出一个状似遥控器的东西，接着空着的左手又作势要从口袋里掏出什么东西。

“但是，使用了这个的话，不可能就会成为可能。”

手塚掏出来的，是老爷爷看报纸时经常使用的手持放大镜。

“使用放大镜，就可以把放射状红外线集中起来。这样一来，即便距离相隔很远，也可以用遥控器操控了。不过这段距离还是有些长，还需要再通过一个镜面折射，才可以把遥控器发射的红外线传送到空调机身上。当然了，红外线是光，可以毫无障碍地穿过窗玻璃，只要没有拉上窗帘就行了。”

手塚把放大镜放在遥控器前方。

井泽则在这边激动地大喊。

“即使遥控器的红外线能传到这个房间，也不一定就能操控位于窗户上方的空调啊。你可别再扯什么西园寺沙也加还活着之类的鬼话，现在就给我来这边解释清楚。”

“听这个声音……果然是井泽先生吧。您不要着急，实验完成之后我会到那边去的。比起这个，井泽先生，您能不能不要站在镜子前面？”

井泽嘟嘟囔囔了几句，挪开了两步。

“正如井泽先生所说，那个房间里的空调位于窗户上方，所以即使用放大镜聚焦，也无法让红外线抵达空调机身。但是，我说过很多次了，红外线是光，光打在镜子上是会反射的。如果利用立在起居室里的那面镜子，将放大镜聚焦的红外线进行反射……”

客厅里的空调发出“哔”的一声，一直不断送出暖风的排气口随之缓缓闭合。

像是目睹奇迹发生，又像是见证了一场高级戏法，客厅里的六个人都没有出声，只是呆呆地看着不再发出声音的空调。唯有一人，井泽，怨恨地瞪着对面公寓里的手塚。

“有个说法叫‘秘密暴露’。”

片刻的寂静之后，扬声器里又传出了手塚的声音。

“所谓‘秘密暴露’，就是指嫌疑人不慎说出了犯罪现场的细节，或处理凶器的方法等只有真凶知道的情况，而这一言行本身就成为决定性的证据。比如知道运用放大镜和遥控器这一远程操作手法，并第一个发现在对面公寓的我的……井泽先生。井泽先生，你是怎么知道我在这里的呢？”

第九章

矢岛正坐在秋叶原FM第七演播室的调音台边。

从演播室里的大型扬声器传出手塚与“秋叶原之家公寓”一〇〇五号房间里的众人之间的对话。其实矢岛早就在怀疑井泽了，所以听到最后并不觉得太惊讶。

为了让西园寺沙也加，即西山沙绫重生，并将真凶逼至绝境，矢岛和手塚想出了这个方法。

为便于播放听众来电，电台演播室的调音台都连着电话线路，混音桌与取样器之间也相互连接。

取样器就是手塚上次来这里时表现出异常兴趣的那台机器，按下一个按钮就能播放广播中的“sticker”，或者喇叭声、“叮咚”和“噗”等效果音。矢岛二人把西山沙绫生前说过的话导入取样器中，这样一来，只要按下按钮，就能播放了。

“我是西园寺沙也加。”“漫画家西园寺沙也加。”“是的，没错。”“信不信由你。”“我有一件事要告诉你。”“我知道凶手是谁了。”“明天一点，请到案发现场来。”

昨天，他们就是用这七句话，把相关人员召集到一〇〇五号房间的。

他们从演播室拨打濑口、石丸、井泽和森的手机，播放这七句话。当然有人提问或打断，但他们一概不由分说地继续播放，并在尚未露馅时挂断电话。

为了把这七句话从过去的节目录音中剪出来，矢岛这几天都在与编辑软件搏斗。

时间已经**到**了一点。

晚上好，**我是**漫画家**西园寺沙也加**。

感谢您一直收听这个节目。不，正确来说，应该是感谢您“曾经”收听这个节目，对吧？

今天是几号呢？这段声音会播放出来，也**就**意味着我，西园寺沙也加已经**死去**，或是离死不远了。在几天前，我接受了妇科相关**的**癌症手术。**从**那**时起**，**已经过了将近一个月**。以防万一，我**尝试着**录下了这段遗言录音，并且把这份录音交给了我信赖的律师。如果我遇到什么**不**测，就会**请**他在这个电台节目里发表。

录下这份录音的主要目的有两点。**一是为了向各位**听众表达**感谢**。虽然我作为一名漫画家留下了很多作品，但我并**没有**所谓的漫画**助手**，我的家就是名为工作场所的**密室**。独自画漫画是一件艰苦又孤独的工作。而且，不知道是不是因为我的作品中偏向灵异风格的较多，有的时候会遭到没怎么读过我的漫画作品的人毫无理由的**诽谤**与中伤，也曾令我有过一段在精神上备受打击的日子。然而自从担任电台这一媒体的主持人以来，我收到了各位听众朋友在百忙之中发来的短信和信件，令我切实地感受到了和各位一起制作节目这一创造事物的本来乐趣。和各位一起拥有的那段时间是我的宝物。真的非常感谢大家。

另外我还有一件事需要……不对，是必须告诉各位。如果你们认为这是一种背叛，我会觉得很难过。西园寺沙也加这个漫画家其实是两个人。虽然用这位举例让我不甚惶恐，但大家可以看作是和漫画家藤子不二雄老师相似的情况。没错，创作出许多优秀作品的漫画家藤子不二雄老师，是藤子·F.不二雄老师和藤子不二雄A老师的共同笔名。同样是作者有两人，并且作品里还活跃着与作者同名的侦探的例子，还可以举出著名巨匠埃勒里·奎因。然而他似乎不太为最近的年轻人所知，这实在令人感到遗憾。

顺便一提，西园寺沙也加这一笔名，是结合主要负责出点子的我的本名西山沙绫，和主要负责作画的我的妹妹西山瑠加这两个名字得来的。

主要负责开展艺能活动的是我，而我的妹妹对媒体十分排斥，所以在不知不觉间，西园寺沙也加这个漫画家形象就固定成了我一个人。在这里，我不能吐露太多详细情况，但如果能再早一点对各位说明这件事或许更好。真的非常抱歉。

基于以上原因，漫画家西园寺沙也加今后也应该会继续活动，她的代表作《名侦探西园寺沙也加事件簿》

里的名侦探西园寺沙也加想来也会继续活跃在作品之中。每次当有形形色色的人拜托她“请您到**案发现场来**”时，相信她都会对**案件进行推理**，并且充满自信地对**真凶**说出“我知道**凶手**是谁了”吧。当然，**解开**谜题的关键掌握在我的妹妹西山瑠加的手中，但我相信她一定能做到。

瑠加，你是有才能的。你的才能不仅限于做一个绘画**机器人**，明天的西园寺沙也加，就要靠你了。

然而各位听众，十分抱歉的是，这个电台节目只能到这里就结束了。瑠加恐怕不能主持这个电台节目。非常抱歉。

那么，要和大家说再见了。

但是请大家不要如此悲伤。信不信由你，各位也总有一天会到这边来的。好了，那么，请期待在天国重逢的那天吧……以上来自西园寺沙也加，即西山沙绫。

对身为电台编导的矢岛来说，这种程度的编辑只是小菜一碟。不过到现场揭秘时，要让沙也加与手塚互动，这在技术层面上的要求更复杂，需要更周密的准备。

首先要做的，是把手塚的手机话筒接入矢岛所在的第七演播室，这样，手塚发出的声音就能传到调音台上了。其次是从第七演播室给“秋叶原之家公寓”的一〇〇五号房间打电话，同样也把声音与调音台连接。这样一来，虽然当事人双方会以为是在直接进行通话，但其实他们的对话都经由第七演播室传送。

然后，矢岛再在恰当的时机播放事先导入取样器的沙也加说过的话。

“我是西园寺沙也加。今天请各位在百忙之中来到这里，非常抱歉。”

“从我死去那天起，已过了将近一个月，但似乎你们还没发现真凶，所以我尝试着进行了推理。”

“凶手就在你们之中。”

“这起案件的关键在于密室。解开的关键是机器人和绳子。详细情况由助手进行说明。”

“为了制造不在场证明。”

“关键在于死亡推定时间。”

“没错。”

“是通过空调。”

“是遥控器。”

为了配合手塚的解谜，今天使用的是这八句沙也加的台词。

矢岛和手塚为了使解谜的对话不出破绽，事前制作了台本。

然后只要矢岛配合手塚说话的时机，在演播室按下取样器的按钮，就可以播放出“凶手就在你们之中”“没错”“是通过空调”等沙也加的台词。这些台词都已经通过调音台调成了同一音量，并且是通过电话线传出去，所以在一〇〇五号房间接听电话的人们听来，只会觉得是手塚和依然活着的西园寺沙也加正在某地进行直接对话。

为了以防意料之外的事态发生，二人把召集相关人士时用到的七句台词也保存在了同一个取样器中。因此，那个取样器里储存了七句加八句，一共十五句台词，分别对应着十五个按钮。

矢岛一边听着扬声器里传出的手塚的声音，一边紧盯着手边的原稿，将眼前的按钮按下。虽然他们尽量按使用的顺序对台词进行了排列，但万一错按了旁边的按钮，则会在瞬间使对话不再成立，这个机关也会露馅。矢岛在按下按钮时险些控制不住自己的心跳，而有时手塚还会无视台本，有时对话还会被井泽打断，害得矢岛好多次险些按错按钮，惊出一身冷汗。

如在最终总算按照台本进行了下去，井泽的嫌疑也越来越重，矢岛才终于放下了一颗心。

那七句用于召集相关人士的台词相对较短，不需要太复杂的编辑便可完成。问题在于接下来这八句为了揭开案件的真相，需要在和手塚的对话中使用的台词。

“我是西园寺沙也加。今天请各位在百忙之中来到这里，非常抱歉。”

“从我死去那天起，已过了将近一个月，但似乎你们还没发现真凶，所以我尝试着进行了推理。”

“凶手就在你们之中。”

“这起案件的关键在于密室。解开的关键是机器人和绳子。详细情况由助手进行说明。”

“为了制造不在场证明。”

“关键在于死亡推定时间。”

“没错。”

“是通过空调。”

“是遥控器。”

这些话，其实都是从在最后一期电台节目中播放的遗言录音里剪辑出来的。

时间已经到了一点。

晚上好，**我是漫画家西园寺沙也加**。

感谢您一直收听这个节目。不，正确来说，应该是感谢您“曾经”收听这个节目，对吧？

今天是几号呢？这段声音会播放出来，也就意味着我，西园寺沙也加已经死去，或是离死不远了。在几天前，我接受了妇科相关的癌症手术。从那时起，已经过了将近一个月。以防万一，我尝试着录下了这段遗言录音，并且把这份录音交给了我信赖的律师。如果我遇到什么不测，就会请他在这个电台节目里发表。

录下这份录音的主要目的有两点。一是为了向各位听众表达感谢。虽然我作为一名漫画家留下了很多作品，但我并没有所谓的漫画助手，我的家就是名为工作场所的密室。独自画漫画是一件艰苦又孤独的工作。而且，不知道是不是因为我的作品中偏向灵异风格的较多，有的时候会遭到没怎么读过我的漫画作品的人毫无理由的诽谤与中伤，也曾令我有过一段在精神上备受打击的日子。然而自从担任电台这一媒体的主持人以来，我收到了各位听众朋友在百忙之中发来的短信和信件，令我切实地感受到了和各位一起制作节目这一创造事物的本来乐趣。和各位一起拥有的那段时间是我的宝物。真的非常感谢大家。

另外我还**有一件事**需要……不对，是必须告诉各位。如果你们认为这是一种背叛，我会觉得很难过。西园寺沙也加这个漫画家其实是两个人。虽然用这位举例让我不甚惶恐，但大家可以看作是和漫画家藤子不二雄老师相似的情况。**没错**，创作出许多优秀作品的漫画家藤子不二雄老师，是藤子·F.不二雄老师和藤子不二雄Ⓐ老师的共同笔名。同样是作者有两人，并且作品里还活跃着与作者同名的侦探的例子，还可以举出著名巨匠埃勒里·奎因。然而他似乎不太为最近的年轻人所知，这实在令人感到遗憾。

顺便一提，西园寺沙也加这一笔名，是结合主要负责出点子的我的本名西山沙绫，和主要负责作画的我的妹妹西山瑠加这两个名字得来的。

主要负责开展艺能活动的是我，而我的妹妹对媒体十分排斥，所以在不知不觉间，西园寺沙也加这个漫画家形象就固定成了我一个人。在这里，我不能吐露太多详细情况，但如果能再早一点对各位说明这件事或许更好。真的非常抱歉。

基于以上原因，漫画家西园寺沙也加今后也应该会继续活动，她的代表作《名侦探西园寺沙也加事件簿》里的名侦探西园寺沙也加想来也会继续活跃在作品之中。

每次当有形形色色的人拜托她“**请**您到案发现场来”时，相信她都会对案件进行推理，并且充满自信地对真凶说出“**我知道凶手是谁了**”吧。当然，解开谜题的关键掌握在我的妹妹西山瑠加的手中，但我相信她一定能做到。

瑠加，你是有才能的。你的才能不仅限于做一个绘画机器人，明天的西园寺沙也加，就要靠你了。

然而各位听众，十分抱歉的是，这个电台节目只能到这里就结束了。瑠加恐怕不能主持这个电台节目。非常抱歉。

那么，要和大家说再见了。

但是请大家不要如此悲伤。信不信由你，各位也总有一天会到这边来的。好了，那么，请期待在天国重逢的那天吧……以上来自西园寺沙也加，即西山沙绫。

其中也有令矢岛进行了一番苦斗的部分。

例如“机器人和绳子”里的“绳子（ひも）”一词，原本打算采用的是“也曾令我有过一段在精神上备受打击的日子”中“也（も）+日子（ひ）”，然而由于音调完全不同，听起来明显很奇怪，所以最终采取的解决办法是，选取“一是为了……”（ひとつは）里的“ひ”。再比如“死亡推定时间”中的“死亡”（しぼう）一词，本来想用“推定”（すいてい）的“し”和“诽谤”（ひぼう）的“谤”（ぼう）字加以组合，然而听上去有些奇怪，所以虽然麻烦，还是把“し”换成了“死去”（しんで）里的“死”（し），让发音听起来更加自然。

另外，在对“は”“に”“と”“が”等以单字节为单位的助词的细节部分进行编辑时，矢岛也反反复复下了不少功夫。其中最费事的要数“空调”（エアコン）和“遥控器”（リモコン）这两个词。

“是通过空调”（それは、エアコンです）这句，是由“那是”（それは）加上“向各位”（皆さんへ）、“感谢”（ありがとう）加上“今后也”（こんごも）加上句尾助词“です”组成的。

“是遥控器”（リモコンです）是由“也曾在精神上备受打击”（心が折れそうになったりもしましたが）加上“今后也”（こんごも）加上句尾助词“です”组合而成，需要非常细致的剪辑技巧。其实单听“遥控器”一词会有点不自然，但那句已经是最后部分了，大家应该注意力都不在于此。事实上也确实成功蒙混了过去。

借助先进的数码编辑软件和从前辈那里学到的技巧，最终矢岛是制作出了像样的音频。为此，矢岛把那段遗言录音反复听了上百遍，最终甚至都能背诵下来了。

终章

经过短短两天的审讯，井泽便招供了。

井泽在成为漫画家西园寺沙也加的责任编辑时，同时也是西山沙绫的男朋友。后来矢岛与沙绫开始交往，两人的关系便宣告结束。工作上的分歧也是从这时出现的。

那起监禁幼女案发生时，井泽企图借此宣传漫画，这让西山沙绫无法接受。再加上与沙绫分手后没多久，井泽又开始与妹妹瑠加交往，据说两人已经到了谈婚论嫁的地步。

除私人感情外，井泽还看出瑠加拥有极高的漫画才能，于是便产生了只要西山沙绫消失，他就可以独占漫画家西园寺沙也加的念头。从结果来看，漫画家西园寺沙也加的人气在姐姐沙绫死后也依旧没有衰退，甚至比她生前更高，可见井泽的想法并没有错。

但沙绫反对他们的婚事。

不知道是因为她觉得井泽作为漫画编辑的态度有问题，还是作为一个女人，无法容忍井泽在放弃了自己后又选择了自己的妹妹。反对他们交往的真正理由，大概只有沙绫本人才知道了。

同时，井泽发现沙绫已经开始把包括《名侦探西园寺沙也加事件簿》系列在内的漫画版权悄悄地转移到其他漫画出版社了。

于是井泽决定痛下杀手。

井泽知道沙绫曾送给矢岛一条黄色领带作为生日礼物，没想到某一天，他发现那条领带竟出现在了沙绫的公寓里。井泽从沙绫口中得知，原来是因为矢岛在秋叶原的一家居酒屋里喝醉了，不爱惜地摘下领带随处乱扔，沙绫一怒之下就把领带拿了回来。

井泽想到，可以用这条领带当凶器。

后来，井泽又从沙绫那里得知矢岛曾在十二月一日晚上十一点之后来过她家，于是第二天，他便戴着手套去杀了沙绫，并打算把罪名嫁祸给矢岛。眼看只差一步就成功了，却因为手塚这个奇特律师的登场，使事态发生了剧变。

“就像我之前说过的，这个密室到底是人为制造的，还是偶然形成的，这点会使推理结论产生很大的不同。”

矢岛把手塚约到咖啡店“夏目”，准备给他这次提供法律援助的报酬。

一开始手塚坚持不肯收，最后矢岛说：“那就不算法律援助的报酬，算侦探费吧。”手塚一听，干脆利落地把信封放进了衣服的内侧口袋，嘴里说着：“那我就不客气了。”

“这次的案件是有人特意制造了一间密室，在这种情况下，会是怎样的推理呢？”

矢岛往咖啡里加了一勺糖，问道。

“如果密室是有人特意制造的，那么你和森先生就不可能是凶手。因为你们俩是尸体的第一发现者，在密室的情况下，警方首先就会怀疑上你们二位。更何况你的领带还是凶器。”

“也就是说，凶手是为了陷害我和森先生，才特意制造那个密室的。”

“是的。同时可以排除公寓里的其他住户，他们也不可能花工夫把犯罪现场打造成密室。至于变态或仇人等，恐怕连潜入公寓作案都要费上一番工夫。”

“原来如此。原来是这样的思路。”

矢岛喝了一口咖啡，浓郁的香气蔓延至整个口腔。

“特意制造密室，并能从中获得好处的，是拥有牢固的不在场证明的人。另外，愿意造出一个密室的人，应该只有熟悉推理小说的爱好者，或从事与之相关的工作的专业人士。”

“也就是井泽和瑠加。可是，你是怎么知道那是特意制造的密室的呢？”

“是和你一起去现场的影音室时意识到的。”

“咦？是在那个时候？”

“那个房间里有好几个遥控器，包括扫地机器人的遥控器，而且，扫地机器人的遥控器在离窗户很近的地方，明明机器在另一个房间。”

“是吗……”

“通过这点我猜测，这个密室或许利用了扫地机器人。接着，我看到你在客厅里寻找空调的遥控器，却一直没找到，就立刻来了灵感。”

“我？我做过那种事吗？”

“有哦。人类的记忆是很靠不住的东西，你没有印象也很正常。不过，那时我就对客厅里的空调的遥控器居然不在客厅这点，感到有一些蹊跷。”

“原来如此。那个空调的遥控器在哪里呢？”

“在影音室。找到它时，我的脑海里就闪过了或许也用上了空调遥控器的念头。”

“是这样啊。”

虽然同在现场，矢岛却完全没有注意到这些事。

“接着我想到，搞不好这起案件的凶手是利用客厅的空调伪造了死亡时间。”

“原来如此。”

“这便是我的推理过程。多亏你给了我很好的提示。还有，那个利用取样器的主意，也只有你能想到。”

“唉，电台编导也是总在思考各种奇奇怪怪的事的人啊。不过，手塚先生，井泽会心生动摇并露出马脚，也许只是因为我们足够幸运啊。”

“是啊。因为凶手是井泽，那个取样器的主意才有效。如果凶手是无法说话的瑠加，哪怕西园寺沙也加真的复活，恐怕对方也不会暴露。”

手塚一脸享受地用吸管喝着冰可可。矢岛也喝了一口白色杯子里的热咖啡。

“手塚先生，你一直没考虑过西山沙绫是自杀的可能性吗？”

“嗯，也考虑过，毕竟她是那么厉害的推理小说作家兼名侦探啊。但是，自己是没办法用领带把自己勒死的，所以我很早便舍弃了这个想法。”

“这样啊……”

手塚吸着冰可可，发出“滋滋”的声音，里面的冰块跳了起来。

“矢岛先生，莫非你有什么想法？”

“嗯……唉，你也知道，为了制作那段录音，我不是把遗言反反复复听了很多遍吗？”

“是啊，真是辛苦你了。”

“嗯，真的是听了一遍又一遍，还倒过来听了几次。”

“是吗？我真的很佩服你，不愧是专业人士。”

“你还记得吗，那段录音后面有一段像是朝鲜语，又像是意义不明的咒语，是吧？”

“嗯，确实有。”

“就是这段。我现在就给你听一下。”

矢岛突然弯腰拿出电脑，利落地打开后播放出那段谜一般的录音。

二人安静地听完后，手塚皱着眉头说：“我还是完全听不懂这是什么。果然就是不小心录进了杂音吧。”

“不，那时我突然领悟了。”

“领悟？”

“这一段是倒着录进去的。”

“啊？真的吗？”

“是的。手塚先生，是沙也加嘱咐你，若她有什么不测，就把录有遗言的带子送到秋叶原FM的，对吧？”

“是的。准确来说，她要求我亲手交给秋叶原FM的矢岛编导。带子一直处于密封状态，即便是担任律师的我也没听过里面的内容。她还吩咐说听过之后也严禁拷贝。”

“是吗……”

矢岛叹了一大口气。

“结婚也没有什么好处”——求婚时，沙也加这么说道。矢岛曾因这句话而心灰意懒，因为他完全没想到会被拒绝。

“那你为什么要跟我交往？”

那时矢岛立刻问出了这句话。

“就算不结婚不是也挺好的吗？反正我爱你，你也爱着我啊。”

他回忆起沙也加在说完这句话后露出嫣然一笑。

“矢岛先生，你怎么了？那段噪音到底说了些什么呢？”

“要不要听听看？”

手塚点了点头。

于是，矢岛又把刚才那一段倒着播放了出来。

“我的癌症好像复发了，晚期，可能已经没救了。阿矢，真的很感谢你对我求婚，我很开心。如果癌症没有复发，答案当然是YES了。说起来，我想到了一个跟密室有关的非常棒的点子，已经把这个点子告诉了井泽编辑。唉，搞不好因此我会被杀掉哦。西园寺沙也加。”

图书在版编目（CIP）数据

只是打算喝一杯而已 /（日）志驾晃著；金静和译．-- 北京：新星出版社，2019.9
ISBN 978-7-5133-3608-6

Ⅰ．①只… Ⅱ．①志… ②金… Ⅲ．①长篇小说-日本-现代 Ⅳ．① I313.45

中国版本图书馆 CIP 数据核字（2019）第 121149 号

午夜文库
谢刚 主持

只是打算喝一杯而已

[日] 志驾晃 著；金静和 译

责任编辑：王　欢
特约编辑：赵笑笑
责任校对：刘　义
责任印制：李珊珊
装帧设计：broussaille私制

出版发行：新星出版社
出 版 人：马汝军
社　　址：北京市西城区车公庄大街丙3号楼　100044
网　　址：www.newstarpress.com
电　　话：010-88310888
传　　真：010-65270449
法律顾问：北京市岳成律师事务所

读者服务：010-88310811　service@newstarpress.com
邮购地址：北京市西城区车公庄大街丙 3 号楼　100044

印　　刷：三河市文通印刷包装有限公司
开　　本：910mm × 1230mm　1/32
印　　张：5.875
字　　数：100千字
版　　次：2019年9月第一版　2019年9月第一次印刷
书　　号：ISBN 978-7-5133-3608-6
定　　价：35.00元